Rantai yang Putus

Romansa Gargoyle yang Melindungi

Demelza Carlton

Lost Plot Press

Ini adalah karya fiksi. Nama, karakter, bisnis, tempat, peristiwa, dan kejadian merupakan hasil imajinasi penulis atau digunakan secara fiktif. Kemiripan dengan orang yang sebenarnya, baik yang masih hidup maupun yang sudah meninggal, atau peristiwa yang sebenarnya adalah murni kebetulan.

Lost Plot Press

SATU

Di dunia Catcna yang sempurna, mitos dan legenda akan menjadi kenyataan. Di suatu tempat di luar sana, jodoh ditakdirkan untuk menemukannya, orang-orang yang berkuasa mampu membuat keputusan yang baik yang bermanfaat bagi lebih banyak orang daripada diri mereka sendiri, dan supervisor penelitiannya akan benar-benar memberi tahu apa yang harus dilakukannya, alih-alih secara ajaib mengharapkannya untuk dapat memilih proyek PhD yang sempurna.

Tapi dunianya tidak sempurna. Belum, bagaimanapun juga.

Profesor Bishop merentangkan kedua tangannya lebar-lebar. "Pilihan ada di tanganmu, Catena. Proyek penelitian seperti apa yang ingin kamu pelajari selama tiga tahun ke depan?"

Catena berharap ia bisa tenggelam di lantai sebelum profesor tersebut meneriakinya untuk menjawab pertanyaan yang harus ia jawab. "Saya tidak tahu. Pilihan apa yang ada?" Dia tidak bisa memilih apa pun. Arkeologi tidaklah murah - ia harus memilih proyek yang memiliki dana dan penggalian yang sudah direncanakan.

"Ada banyak hal di Australia Barat saat ini - ini adalah tahun yang baik untuk pendanaan pemerintah. Penjara Fremantle memiliki dua proyek dalam waktu dekat - rumah sakit dan komisariat. Anda dapat memulai proyek Anda sebelum musim panas tiba. Atau ada penggalian Pemakaman East Perth untuk pembangunan baru. Atau Anda bisa..."

Dia melanjutkan, tetapi pikiran Catena melayang. Tak satu pun dari mereka yang benar-benar menarik baginya. Lebih buruk lagi, apa pun yang ia pilih, ia akan dicap sebagai ahli dalam hal itu selama sisa hidupnya... jadi bukan hanya tiga tahun kebosanan dalam sebuah proyek yang tidak ia minati, tapi juga seumur hidup dalam kebosanan, menggali hal-hal yang tidak ia pedulikan. Belum lagi dia akan menjadi arkeolog karena dia tumbuh besar dengan mendengar semua cerita tentang petualangan Maria di seluruh dunia - Catena ingin memiliki petualangannya sendiri. Cerita-cerita yang bisa ia ceritakan kepada Maria.

Profesor Bishop ternyata menyadari gangguannya. "Bagaimana dengan warisan Aborigin? Ada sejumlah proyek seni cadas..."

Catena menggelengkan kepalanya. Keluarganya telah bermigrasi ke Australia - rasanya tidak tepat untuk menggali warisan asli yang berasal dari lima puluh ribu tahun yang lalu atau lebih, ketika keluarganya belum pernah berada di negara itu selama lebih dari beberapa generasi.

"Arkeologi maritim? Ada sebuah tim yang mulai memetakan pemukiman asli di dasar laut dari sebelum kenaikan permukaan air laut di Pilbara. Anggaran yang besar untuk itu, dengan pendanaan dari industri sumber daya."

"Saya tidak memiliki tiket menyelam," kata Catena. Sebelum sang profesor mengingatkannya bahwa ia bisa mendapatkan sertifikat selam dalam hitungan hari, ia menambahkan, "Dan saya takut dengan hiu."

Profesor Bishop mengerutkan kening. "Jadi, Anda mungkin tidak akan tertarik dengan penelitian Abrolhos yang baru. Membuat katalog bangkai kapal... oh, tunggu. Ada satu di daratan di sini, melihat situs-situs Batavia di salah satu pulau. Tidak ada hiu di sana, kecuali jika Anda masuk ke dalam air."

Bukankah itu adalah pulau di mana sekelompok orang yang selamat dari kapal karam menjadi gila dan saling membunuh satu sama lain hanya karena makanan dan air? Dia pernah mendengar tempat itu dikutuk seperti makam Tutankhamen. Lalu lagi, Catena tidak percaya pada kutukan atau hal-hal gaib, jadi... "Mungkin."

"Ah, sepertinya yang satu itu belum memiliki dana - masih menunggu persetujuan anggaran. Namun demikian, ini layak dipertimbangkan, jadi saya akan taruh di daftar. Saya akan mengirimkannya ke email Anda, jadi Anda bisa melihatnya lebih baik sebelum memutuskan. Kamu hanya punya waktu satu bulan sampai batas waktu pengajuan proposal, dan jangan sampai terlewat, atau kamu tidak akan bisa mendapatkan beasiswa. Tidak semua orang bisa mendapatkannya. Persaingan sangat ketat, dan panel seleksi hanya menyetujui proyek yang menurut mereka paling memenuhi syarat. Dan bahkan jika Anda mendapatkan beasiswa - hanya seperempat mahasiswa PhD yang benar-benar menyelesaikan proyek mereka tepat waktu dan lulus. Jadi, penting bagi Anda untuk memilih proyek yang tepat - proyek yang tepat untuk dewan seleksi, dan proyek yang tepat untuk Anda, sehingga Anda dapat menyelesaikannya."

Catena mengangguk, meski perutnya mengepal seperti bola kecil yang ketakutan. Ia hanya memiliki waktu kurang dari empat minggu untuk membuat keputusan terpenting dalam hidupny a... dan menulis proposal yang dapat meyakinkan dewan pemberi beasiswa untuk membiayainya.

Atau dia bisa saja menjadi asisten pustakawan seumur hidupnya. Itu tidak buruk, tapi itu bukanlah sebuah petualangan. "Saya akan menyiapkan proposal saya tepat waktu, Profesor. Aku janji." Dan dia akan melakukannya, karena hal terakhir yang dia inginkan adalah dia berteriak padanya karena tidak melakukannya. Atau untuk apa pun, sebenarnya - temperamen Profesor Bishop yang mudah berubah-ubah jarang sekali bisa tetap tenang selama lebih dari sepuluh menit. Faktanya, merupakan sebuah keajaiban dia berhasil melewati pertemuan ini tanpa membuatnya marah. Lebih baik tidak memaksakan keberuntungannya. Dia bangkit untuk pergi.

"Lihat bahwa Anda - " dia terputus saat teleponnya mengeluarkan suara seperti sirene polisi. Dia memelototinya, lalu menyambarnya dan berteriak, "Anda tidak seharusnya menghubungi saya. Pengacaraku sudah memberikan instruksi yang t egas..."

Catena melarikan diri, keluar dari kantor dan menyusuri lorong, tetapi bahkan di luar pun ia masih bisa mendengar profesor tersebut berteriak kepada mantan istrinya tentang pembuangan investasi properti bersama mereka. Separuh dari kampus mungkin sudah mengetahui tentang perceraian Profesor Bishop yang tertunda sekarang, dan jika mereka sama seperti Catena, mereka juga berharap masalah ini diselesaikan secepat mungkin.

Dia hanya berharap memilih proyek PhD bisa sesederhana itu.

DUA

Tor membuka matanya pada kegelapan. Kemudian dia mendengarnya lagi, suara gesekan batu di atas batu yang sudah dikenalnya sebelum diangkat. Kegembiraan membanjiri dirinya - akhirnya, inilah saatnya! Dia akan bangkit dan menjawab panggilan itu!

Sebuah suara yang menggelitik bergema dari dalam ingatannya: "Apabila Aku membutuhkanmu, Aku akan memanggil, dan engkau akan datang. Engkau akan melindunginya, dan segala sesuatu yang saya sayangi, karena itulah tujuanmu. Apakah engkau mengerti? Ketika Aku memanggil, engkau akan menjawab!"

Namun, panggilan itu tidak kunjung datang.

Sebaliknya, getaran yang dalam dan menggetarkan tulang bergemuruh melalui tanah dan batu dan Tor, menggetarkan giginya di kepalanya.

Dia tidak menyadari akhir dari pertempuran itu. Hanya saja, ia dapat mendengar suara-suara yang tidak asing lagi - hentakan berirama dari baja di atas batu, gemerincing roda gerobak, teriakan para pria, gemeretak batu yang menyerah pada kekuatan superior seorang pria, sebelum tanah mulai berguncang sekali lagi.

Saat itu pasti tengah hari kerja, dengan begitu banyak aktivitas. Tidak heran jika panggilan itu belum juga datang, karena dia tidak bisa menjawab selama matahari masih di langit.

Pada malam hari, dia akan mendengar panggilan itu. Dan dia akan menjawab, sebagaimana seharusnya. Karena untuk apa lagi dia dibangunkan, jika bukan untuk bangkit dan melayani tujuannya?

Sebentar lagi. Matahari akan tenggelam di bawah cakrawala, dan Tor akan terbit.

Sementara itu, Tor memejamkan matanya.

Tiga

"Jika Anda bisa menyimpan beberapa pengembalian terakhir, Anda bisa melakukannya," kata Lillian sambil menunjuk ke arah tempat sampah di bawah saluran pengembalian. Tempat sampah yang penuh.

Catena menghela napas. Ia sudah mengosongkannya dua kali, tapi hari ini sepertinya adalah hari di mana setiap mahasiswa memutuskan untuk mengembalikan pinjaman selama satu semester penuh, semuanya dalam satu kesempatan. Ujian pasti sudah dimulai. Lagi pula, menyimpan buku lebih mudah daripada berurusan dengan siswa yang panik di meja bantuan, yang semuanya ingin berteriak pada Anda jika

Anda tidak bisa secara ajaib menghasilkan buku yang mereka butuhkan untuk ujian hari ini. Tidak peduli bahwa mereka sudah meminjamnya selama satu semester, dan sekarang dipinjamkan, mereka berharap Anda bisa membuat keajaiban. "Tentu."

Memindai buku-buku tersebut ke dalam sistem agar katalog tahu bahwa buku-buku tersebut telah dikembalikan hanya membutuhkan waktu beberapa menit, tetapi mengembalikannya membutuhkan waktu yang lebih lama lagi, sehingga pada saat Catena meninggalkan perpustakaan dan pulang ke rumah, hari sudah sore, dan matahari mulai tenggelam. Musim dingin jelas bukan waktu favoritnya sepanjang tahun.

Untungnya, ia tinggal cukup dekat untuk berjalan kaki pulang dari tempat kerjanya, dan, lebih beruntung lagi, jalannya masih tertutup untuk lalu lintas mobil karena mereka sedang menggali jalan untuk mengganti pipa air. Jadi, di tempat yang kemarin ada jalan, sekarang ada parit gelap berpagar yang membentang sepanjang jalan, berhenti di depan rumahnya. Ekskavator yang bertanggung jawab atas jurang itu duduk dengan bangga di sampingnya, di dalam kandang yang dipagari, seolah-olah jika dibuka kandangnya, ekskavator itu akan dengan bersemangat mulai menggali lagi, memperluas parit hingga ke persimpangan berikutnya.

Catena berharap tidak ada yang akan melepaskan binatang itu sampai dia bangun, atau lebih baik lagi, di tempat kerja pada hari Senin.

Melalui pintu, menaiki tangga menuju lantai atas toko-toko di lantai dasar, satu pintu lagi yang harus dibuka dan dia sudah sampai di rumah.

Catena membiarkan tasnya terjatuh ke lantai, terlalu lelah untuk membawanya lebih jauh dari pintu masuk. Dia bisa mengambilnya nanti. Melawan kepanikan dalam memilih proyek penelitian masa depannya DAN bekerja membuat otaknya lebih lelah daripada mengerjakan beberapa proyek gabungan secara bersamaan selama masa kuliahnya.

Atau mungkin hanya karena terlalu banyak buku di perpustakaan hari ini.

Seharusnya dia membuat makan malam, tapi yang dia inginkan adalah cokelat panas.

Membuka lemari es, dia meraih susu yang tidak ada di sana. Sial. Dia tahu dia seharusnya mengambil sesuatu dalam perjalanan pulang, tapi, seperti banyak hal akhir-akhir ini, dia lupa.

Dia melirik ke arah jendela yang gelap. Tentunya dia bisa menunggu sampai pagi...

Tapi dia butuh susu untuk sarapan, karena dia tidak suka sereal kering. Atau dia bisa makan roti bakar...

Tidak. Tidak ada roti juga. Sebaiknya tambahkan itu ke dalam daftar. Sekarang dia harus pergi ke supermarket. Untungnya, supermarket itu masih buka.

Dilihat dari para penghuni Coles yang bergerak lambat, tidak seperti beberapa monster mitos yang dia baca ketika dia punya waktu, dia bukan satu-satunya yang mengalami minggu yang melelahkan. Namun, ia berniat untuk melarikan diri dari para zombie ini dan menikmati cokelat panasnya secepat mungkin. Dan dengan biskuit cokelat, dia memutuskan, mengambil sebungkus Tim Tams dari rak spesial di ujung lorong.

Mengingat dia ada di sini, dia mungkin harus membeli sesuatu yang cocok untuk makan malam. Sesuatu yang bisa ia masukkan ke dalam oven untuk dimasak saat ia berbaring di sofa. Lebih baik lagi jika masih ada sisa makanan untuk besok...

Catena membawa keranjang belanjaannya ke kasir, dan segera mengayunkan tas belanjaannya yang sudah penuh saat ia pulang.

Mengapa lampu jalan belum menyala? Dia hampir tidak bisa melihat kakinya di depannya, apalagi di mana jalan setapak berakhir dan jalan raya dimulai. Belum lagi apa yang mengintai di balik bayang-bayang di antara etalase toko...

Dia mempercepat langkahnya, memanjatkan doa kepada dewa apa pun yang mendengarkannya agar dia bisa sampai di rumah dengan selamat. Yang mungkin sama bergunanya dengan berharap ada monster mitos yang akan menyelamatkannya, jika dia mendapat masalah. Atau seorang pemburu monster yang tampan. Dia menahan tawa. Mungkin ketika dia sampai di rumah dia harus menonton -

Dia tersandung sesuatu dalam kegelapan, terjatuh ke depan, tetapi dia berhasil mendapatkan kembali keseimbangannya dan bukannya terjungkal ke jalan setapak. Berharap tidak ada yang melihatnya tersandung kakinya sendiri, Catena terus berjalan.

Sebuah teriakan terdengar di belakangnya. "Hei! Apa yang kamu pikir kamu lakukan? Kamu merusak kotak gitar saya, dan... apakah kamu baru saja mengambil uang saya?"

Dia melirik ke belakang, cukup lama untuk melihat seseorang bangkit dari tempat mereka duduk di tanah, sebelum dia menunduk dan bergegas pulang.

"Oi! Kamu! Berhenti! Sebaiknya kamu memba yarnya..."

Seorang wanita sendirian, berhenti atas perintah seorang pria yang marah dalam kegelapan? Catena tidak bodoh. Sebaliknya, dia berlari lebih cepat. Kali ini, ketika dia berdoa kepada dewa mana pun yang mau mendengarkan, dia hanya punya satu permintaan - meminta pertolongan.

Sedikit lagi, dan dia akan sampai di rumah dengan selamat. Enam toko lagi. Lima. Empat. Tiga...

Dia mendongak, matanya berusaha keras untuk melihat pintu dalam kegelapan. Dia hampir tidak melihat bayangan besar di sampingnya sampai semuanya terlambat.

Dengan mudah dua kali lebih lebar dari tubuhnya, dan begitu tinggi kepalanya menyenggol papan nama toko yang tergantung di atap di atas. Dan ketika ia merentangkan tangannya, jari-jarinya pasti menyentuh jendela toko di satu sisi, dan pagar lokasi konstruksi di sisi lainnya.

Tidak ada jalan keluar. Tidak ada jalan untuk melewatinya, dan tidak ada jalan untuk kembali.

Jika saja dia bisa mengeluarkan kuncinya tepat waktu, membuka kunci pintu dan membantingnya di belakangnya...

Kuncinya. Di mana kuncinya?

Lengan-lengan yang kuat melingkari tubuhnya, menekannya ke dada yang hangat dan keras seperti batu yang direndam matahari. Dia memutarnya, memutar lingkaran ketat yang sepertinya hanya menekannya lebih keras, membekapnya, sampai dia tidak bisa lagi bernapas, dan kegelapan merenggutnya.

Empat

Ketika panggilan itu datang, bukan suara masam dan gatal yang diharapkan Tor. Ia juga tidak menyangka bahwa panggilan itu datang dari seorang wanita.

"Seseorang tolong aku. Tolonglah."

Itu adalah bisikan yang paling lemah dan terengah-engah, tetapi Tor mendengarnya, karena dia sedang menunggu. Dia melesat menembus tanah dan batu, muncul di sebuah jalan yang tidak dia kenal dan tidak dia kenali, tapi dia tidak peduli dengan jalan itu. Tidak, semua perhatiannya tertuju pada wanita itu, karena panggilan yang sangat jelas keluar dari bibirnya, saat wanita itu terbang ke arahnya, seakan-akan kakinya memiliki sayap.

Tor menyeringai. Pengejarnya, alasan kepanikannya, mendekat. Beraninya dia bahkan mempertimbangkan untuk melukainya. Tor berdiri tegak, dengan kuda-kuda yang paling lebar, lebih baik untuk melindunginya. Dia membengkak hingga memenuhi semua ruang yang tersedia antara pagar dan etalase toko, sehingga pengejarnya tidak bisa lewat.

Apa yang dia ingin dia lakukan?

Tor mendengarkan dengan seksama, karena suaranya masih berupa bisikan yang paling lembut.

"Tolong biarkan saya masuk ke dalam," dia mengulangi. Matanya melirik dari dia ke pintu dan kembali lagi.

Tor menundukkan kepalanya tanda setuju, saat ia berlari ke dalam pelukannya. Lengannya memeluknya, diikuti oleh sayapnya. Tidak pernah dia memegang sesuatu yang lebih berharga daripada bentuknya yang gemetar, dan dia akan melindunginya dengan seluruh bagian dirinya.

Pengejarnya tergelincir hingga berhenti, bagian putih matanya melebar karena ketakutan yang memuaskan.

"Pergilah!" Tor menggeram.

Sang pengejar hampir saja menjatuhkan gitarnya karena tergesa-gesa untuk berbalik dan melarikan diri, kembali ke arah dia datang.

Pilihan senjata yang aneh, pastinya. Pria macam apa yang memegang gitar saat menyerang seorang wanita? Jika dia adalah seorang musisi, tentu dia tidak akan mempertaruhkan alat musiknya. Kemudian lagi, dia sangat bodoh karena berani mengejar wanita itu, padahal wanita itu memiliki pelindung yang begitu kuat.

Ah, tapi mungkin dia tidak tahu?

Sang musisi, jika memang demikian, sudah tidak terlihat lagi.

Saat itulah Tor mengingat perintah keduanya - dia ingin berada di dalam gedung.

Dia memeluknya erat-erat saat dia melemparkan tubuhnya ke dinding, melewatinya dengan mudah seperti dia melewati batu di jalan. Dia merasakan wanita itu merosot dalam pelukannya - dia pasti wanita yang lembut, sampai pingsan. Sebaiknya ia mencarikan tempat tidur atau setidaknya sofa untuk berbaring sampai ia terbangun - ah, meskipun ada toko-toko di bawah, di lantai atas ada kamar tidur.

Hanya ada satu buku di atas meja di samping tempat tidur, dan pakaian yang diletakkan di kursi di sudut. Ini pasti kamar tidurnya, tempat dia tidur.

Tor membentangkan sayapnya, agar bisa menggendongnya ke tempat tidur. Aromanya seakan memenuhi udara di antara mereka, melingkupi dirinya dengan wangi bunga yang manis seperti mantra. Dia tidak ingin melepaskannya.

Ia menghela napas panjang, seakan-akan ia juga merasakan hal yang sama.

Namun, sentimen adalah satu-satunya hal yang bisa dilakukan.

"Saya adalah pelindungmu. Sudah menjadi tugasku untuk menjagamu tetap aman," katanya sambil membaringkannya di tempat tidur. Dia melepaskan sepatunya, lalu menyelimutinya dengan kain eider. Kain itu memiliki desain yang aneh, struktur piramida di atas pasir, dengan langit berbintang di belakangnya, tampak hidup seolah-olah itu nyata. Seperti lukisan pemandangan yang mungkin digantung oleh seorang bangsawan di dinding perpustakaannya. Bukan sesuatu yang cocok untuk menghiasi kamar tidur seorang wanita.

Kemudian lagi, hanya sedikit wanita yang membutuhkan pelindung abadi, jadi dia pasti seorang wanita yang tidak biasa.

Kemenangan membuncah di dada Tor - dia berhasil melindunginya. Mungkin tidak sempurna, tapi dia berhasil membawanya pulang dengan selamat.

Dia berharap sang istri akan melihatnya. Jika dia menolak pelayanannya, dia mungkin akan memerintahkannya untuk kembali tidur, dan tidak akan pernah bangun lagi. Dia akan gagal.

Tetapi dia tidak gagal. Dia akan memberitahukannya, dan berdoa agar dia tidak menyinggung perasaannya.

"Tidak apa-apa, Nona. Anda aman," katanya lirih ke dalam kegelapan.

Suara gemerisik dari tempat tidur memberitahunya bahwa dia sudah bangun. Dia menatapnya sejenak, sebelum memejamkan matanya.

Kata-kata yang dibisikkan olehnya: "Tolong pergilah, tolong pergilah, tolong pergilah..."

Jika itu adalah perintahnya, maka dia akan menuruti keinginannya. Tor menghilang ke dalam dinding, menjadi satu dengan batu.

Dia memperhatikan dan menunggu perintah lebih lanjut, tetapi anehnya dia tetap diam.

Dia menatap dengan penuh pencarian di sekitar kamar tidurnya, seolah-olah dia tidak percaya Tor telah melakukan apa yang dia minta.

"Kamu aman," katanya dari balik dinding. "Tidak apa-apa, Nona, Anda aman."

Dia memberikan anggukan kecil, seolah-olah dia mendengarnya dan menyetujuinya, sebelum dia berbaring di atas bantalnya dan tertidur.

Lima

Catena terbangun dalam kegelapan, tetapi ada cukup cahaya yang masuk melalui jendela untuk melihat bahwa dia pasti berada di kamar tidurnya. Mungkin dia telah memimpikan semuanya - perjalanan ke supermarket yang penuh dengan zombie, dikejar-kejar di rumah, dan monster raksasa yang mengintai di luar pintu depan rumahnya.

Oke, kalau dikatakan seperti itu, dia pasti memimpikan semuanya. Kedengarannya seperti gabungan dari beberapa episode Supernatural, dengan tambahan zombie sebagai bumbu. Dia mungkin harus mengurangi menonton TV untuk sementara waktu, jika imajinasinya memunculkan kegilaan seperti itu saat dia tidur.

Dia pasti naik ke atas, memutuskan untuk berbaring di tempat tidur sejenak, dan tertidur. Ini bukan yang pertama kalinya.

"Tidak apa-apa, Nona. Kau aman."

Catena membeku. Suara itu adalah suara laki-laki, dan pasti ada di dalam kamar bersamanya. Jika ada seorang pria di kamar tidurnya, maka apa pun kata-katanya, dia sama sekali tidak aman.

Disana! Sebuah bayangan di sudut, di balik pintu. Sama besarnya dengan yang dia lihat di luar, sebelum dia menangkapnya.

Dia menerjang ke depan, lalu berhenti, dalam posisi setengah membungkuk yang dia sadari sebagai sikap membungkuk, sebelum dia mengangkat kepalanya untuk menatapnya.

Cahaya bulan menerobos masuk melalui jendela dan menghiasi wajahnya, membuat rambutnya yang hitam berkilau.

Namun ketika matanya bertemu dengan matanya, kolam gelap di bayangan wajahnya, sesuatu melintas di antara mereka. Rasanya seperti... pemahaman.

Memahami bahwa dia telah membayangkan seorang pria di kamar tidurnya. Dia pasti sudah gila.

Catena memejamkan matanya. Saat dia membukanya, dia melihat tidak ada orang lain di kamarnya, dan dia sudah pergi.

Tolong pergilah...

Matanya terbuka, dan ia mengedipkan lampu di samping tempat tidur. Lihat? Sudut itu kosong, tanpa bayangan yang terlihat.

Ia mematikan lampu, lalu meringkuk kembali di balik selimut. Hal yang paling masuk akal untuk dilakukan dalam situasi ini adalah kembali tidur. Dia jelas membutuhkannya, jika dia berhalusinasi tentang pria-pria aneh di kamar tidurnya.

"Anda aman."

Lihat? Bahkan halusinasinya pun setuju dengannya. Catena meringkuk di bawah selimut, menggumamkan kata-katanya berulang-ulang pada dirinya sendiri saat dia tertidur.

Enam

"Bekerja keraslah, dan suatu hari nanti Anda akan mendapatkan kebebasan Anda."

"Lakukan apa yang diperintahkan, dan suatu hari nanti Anda akan menjadi diri Anda sendiri lagi."

"Lindungi dia dan propertinya..."

Kata-kata itu berputar-putar di kepala Tor, disela dentingan rantai, kenangan samar yang hanya dia ketahui dari masa lalunya. Patuhi, atau dia akan memakai rantai lagi. Mereka akan mengurungnya selamanya, dan tidak akan pernah melepaskannya.

Tapi tidak jika dia melindunginya. Itu adalah perintahnya, perintah yang ingin dia patuhi.

Dan mungkin, mungkin saja, jika dia bisa menyenangkan hatinya, maka dia akan membebaskannya, seperti yang telah mereka janjikan. Karena meskipun dia tidak mempercayai suara-suara dalam ingatannya, suara wanita itu bukanlah salah satunya.

Sebaliknya, dia adalah masa depannya. Masa depan di mana dia bersumpah akan menjaganya tetap aman.

Tujuh

Di antara sinar matahari yang masuk melalui jendelanya - mengapa ia tidak menutup tirai semalam? - dan apa pun yang menusuk pahanya dengan menyakitkan, Catena terpaksa menyerah untuk tidur.

Sinar matahari menerangi sudut di balik pintu, mengusir harapan akan adanya bayangan, baik yang mengancam maupun tidak. Benar-benar sebuah mimpi.

Catena berjalan ke kamar mandi, lalu berhenti saat melihat bayangannya. Ia belum pernah tidur dengan pakaiannya sejak... kapan terakhir kali ia pulang dalam keadaan mabuk dari pesta mahasiswa, mungkin di tahun pertama. Sial, dia masih mengenakan mantelnya, dengan...ya, kunci, dompet dan telepon genggamnya di dalam saku. Kunci-kunci itulah yang membangunkannya. Dia tahu dia lelah, tapi tentu saja tidak terlalu lelah sampai dia lupa melepas mantelnya di dalam rumah.

Mungkinkah itu nyata?

Tidak. Tidak mungkin. Karena... jika benar, maka pasti ada seorang pria di kamar tidurnya tadi malam.

Dia bergegas kembali ke kamarnya, memeriksa lemari, kolong tempat tidur... di mana saja yang mungkin disembunyikan oleh makhluk sebesar kucing. Dia menghela napas lega ketika tidak ada orang yang muncul... hanya untuk tersandung sesuatu di lantai yang seharusnya tidak ada.

Sepatunya, di samping dua tas belanja.

Tidak mungkin.

Namun...

Dia harus segera memasukkan susu ke dalam lemari es, sebelum susu tersebut membusuk. Belum lagi semua barang lain yang dia beli...

Sambil mengambil tas-tas tersebut, Catena bergegas turun ke dapur, lalu menyibukkan diri untuk memastikan segala sesuatunya berada pada tempatnya. Menciptakan keteraturan dari kekacauan, segala sesuatu pada tempatnya, seperti di perpustakaan. Saat ia menutup pintu dapur dengan bungkus terakhir Tim Tams, Catena cukup yakin ia telah mengetahui apa yang sebenarnya terjadi semalam.

Dia pergi ke supermarket, dikejar-kejar pengamen, membawa pulang barang-barangnya, dan sangat kelelahan karena berlari sejauh itu sehingga dia langsung naik ke tempat tidur, dan tertidur sepanjang malam. Kemudian dia bermimpi buruk, membayangkan ada seseorang di kamarnya, terbangun dengan ketakutan hanya untuk mengetahui bahwa dia sendirian, dan kembali tidur.

Ya, semuanya cocok, semuanya masuk akal.

Rambut panjang dan hitam itu, mata yang telah membuatnya terpesona, lengan kuat yang melingkari dirinya, semuanya adalah khayalan dari imajinasinya yang terlalu aktif.

Dan obatnya?

Dia tidak akan menonton atau membaca apa pun yang tidak biasa sampai hari Senin. Tidak ada roman tentang manusia serigala yang ditakdirkan berjodoh, tidak ada acara TV tentang pemburu monster, tidak ada pahlawan super, tidak ada fiksi ilmiah, TIDAK ADA yang lain selain roman kontemporer dan film dokumenter hingga hari Senin.

Selain itu, dia juga harus mengerjakan proposal proyek PhD-nya. Ada cukup banyak bacaan realistis yang harus dilakukan untuk membuatnya sibuk sepanjang akhir pekan.

Bahkan...

Catena mengambil sebungkus Tim Tams dari pantry, berharap ia bisa membeli lebih banyak. Dia mempertimbangkan untuk kembali ke supermarket, tetapi memikirkan pengamen yang marah di luar sana, yang mungkin masih menunggunya, sudah cukup untuk membuatnya tetap berada di dalam rumah selama beberapa waktu ke depan.

DELAPAN

Catena mempertimbangkan untuk menelepon orang tuanya dan memberi tahu mereka bahwa ia sakit, agar ia tidak perlu pergi ke luar rumah dan mungkin bertemu dengan pengamen gila itu lagi.

Namun, ia sangat kekurangan makanan, dan ibunya telah berjanji untuk membuat cannoli, yang tidak dapat ditolak oleh Catena, sehingga jam di ruang santai orang tuanya baru menunjukkan pukul dua belas ketika ia melangkah masuk. Aromanya seperti daging panggang, tapi Catena tidak ragu bahwa makanan itu akan disertai dengan beberapa makanan khas Sisilia yang menurut ayahnya tidak pantas disajikan di meja yang sama dengan daging panggang. Ini telah menjadi perdebatan yang terus berlangsung antara kedua orangtuanya selama yang ia ingat, tetapi selama ia mendapatkan kentang panggang dan saus, Ayah biasanya tidak melakukan lebih dari sekadar menggerutu.

"Apakah itu kamu, Cat? Bisakah kamu datang membantu saya melayani?" Ibu memanggil.

Itu adalah kode bahwa Ibu ingin memberitahukan sesuatu tanpa diketahui oleh ayah atau kakaknya. Catena berharap itu bukan karena Ayah mengalami gangguan kesehatan. Jika dokter memerintahkannya untuk mengubah pola makannya sehingga dia tidak bisa makan sesuatu yang dia sukai, Ayah tidak mungkin makan siang.

Untungnya, untuk kali ini, kesehatan Ayah baik-baik saja.

"Ayahmu sudah meminum pilnya, dan hasil tes darah terakhirnya bagus, jadi dokter mengatakan dia boleh makan dengan normal lagi. Ayahmu memutuskan dia ingin membuat resep daging panggang yang dia lihat di acara memasak di TV."

Jika ada satu hal yang paling dibenci oleh Ibu, yaitu disuruh memasak. Catena meringis.

Ibu hanya tersenyum. "Saya katakan padanya bahwa saya sudah terlalu tua untuk belajar memasak makanan baru, terutama mencelupkan kentang ke dalam lemak bebek atau semacamnya, jadi jika ayahmu ingin makan resep yang dia lihat di TV, maka dia harus memasaknya sendiri."

Catena tersedak.

"Jadi, ayahmu telah membuat daging panggang hari ini, dan saya ingin kamu memastikan bahwa kamu mengatakan hal-hal yang baik tentangnya. Jika tidak enak, jangan lihat saya. Aku punya sepanci besar terong parmesan yang hampir siap, kalau-kalau kamu tidak bisa memakannya."

"Dan cannoli?" Catena bertanya.

"Tentu saja! Aku sudah berjanji. Karena ayahmu melakukan sebagian besar pekerjaan untuk makan siang, aku punya waktu untuk membuat makan siang yang cukup untukmu dan sekotak untuk kamu bawa pulang. Cukup untuk kamu makan selama seminggu."

Dua hari, jika dia beruntung, pikir Catena tapi tidak mengatakannya. Sebaiknya ibunya tidak tahu tentang kebiasaan makannya yang buruk. Jika ibu tahu bahwa ia makan sebungkus Tim Tams untuk sarapan kemarin... atau bahwa ia dikejar-kejar pengamen yang marah... ibu tidak akan mengizinkannya pergi setelah makan siang. Ia akan memaksa Catena untuk kembali ke rumah, ke kamar tidurnya yang lama dengan tempat tidur tunggal berwarna merah muda, seolah-olah ia masih seorang anak kecil dan bukan seorang wanita dewasa yang akan memulai program doktoralnya. Ya, jika dia berhasil mengumpulkan proposal tepat waktu dan benar-benar memilih proyek.

Jadi, "Terima kasih, Bu," hanya itu yang ia katakan sebelum mengambil minuman dari lemari es dan menuju ruang makan, di mana ia dapat mendengar ayah dan kakaknya sedang berdiskusi tentang sesuatu.

Pengatur waktu oven melengking, menenggelamkan keduanya.

"Itu untukmu, Seamus!"

Ayah beranjak dan berjalan menuju dapur, sambil mencium pipi Catena. "Senang bertemu denganmu, Cat. Kamu datang tepat waktu."

Catena duduk di seberang kakaknya, yang kini sedang asyik menatap layar ponselnya. "Bagaimana kabarnya, Archie? Kau kembali ke lokasi tambang besok?"

Archie bahkan tidak mendongak. "Selasa, sebenarnya. Pergantian rotasi saya pada hari Selasa. Kemudian dua minggu di lokasi, sebelum saya bisa pulang lagi."

Catena tahu bahwa pekerjaan ini bergaji besar, tetapi dia tidak bisa membayangkan bekerja berjam-jam, begitu jauh dari semua orang dan segalanya. Ia menduga suaminya tidak terlalu menyukainya, tetapi terakhir kali ia bertanya kepadanya, suaminya menjawab bahwa pekerjaan ini lebih baik daripada arkeologi, yang harus ia akui benar. Tapi ada yang lebih penting dalam hidup ini selain pekerjaan dan uang...

Dengan bantuan Ibu yang jauh lebih banyak daripada yang berani diakui oleh Ayah, akhirnya ia berhasil menyiapkan makan siang di atas meja, dan tidak seburuk yang dibayangkan. Ayah telah mengikuti resepnya dengan baik, yang menghasilkan daging sapi panggang yang sedikit gosong yang setidaknya matang di bagian dalam, dan segunung kentang yang sangat lezat.

Catena memberikan pujian pada tempatnya, memberikan pujian pada terong parmesan buatan ibunya, dan nyaris tidak berhasil menemukan ruang untuk beberapa cannoli sebelum dia terlalu kenyang untuk bergerak. Ia diam-diam berterima kasih atas kejelian ibunya yang telah menawarkan sebuah kotak untuk dibawa pulang.

Dia baru saja membawa piring-piring pertama ke mesin pencuci piring saat mesin cuci piring dimulai.

"Bagaimana menurutmu tentang target nol emisi ini? Kedengarannya seperti hal yang buruk bagi perekonomian," kata Ayah sambil membuka bir lagi.

"Hanya jika Anda adalah dinosaurus seperti fosil-fosil di Canberra, yang berpikir bahwa ekonomi akan runtuh jika tidak menggunakan batu bara, seolah-olah kita masih berada di zaman Victoria atau semacamnya," bentak Archie.

"Yah, mereka membatalkan pajak karbon dengan cukup cepat. Jika tagihan listrik naik, tidak akan ada yang bisa membayarnya, dan itu akan membuat ekonomi runtuh. Bisnis akan bangkrut."

"Tidak, mereka tidak akan melakukannya, Ayah. Perusahaan-perusahaan, terutama pemain besar seperti industri pertambangan, telah merencanakan hal ini selama beberapa dekade. Mobil hibrida, pembangkit listrik tenaga surya, angin, b aterai... belum lagi menambang semua bahan yang dibutuhkan untuk membuat semua itu. Mereka tidak ingin ketinggalan, bahkan jika pemerintah hidup di abad terakhir. Bahkan kamu lebih maju dari mereka, Ayah - kamu punya panel surya di atap rumah!"

"Ya, tapi apakah panel surya itu bagus? Kami hanya mendapatkannya karena seorang teman kerja kami mengenal seseorang yang melakukan pemasangan murah. Dan kabelnya hanya bertahan beberapa tahun, yang tidak tercakup dalam garansi, jadi kami harus memanggil seseorang ke sana minggu lalu untuk mengganti semuanya. Apa gunanya membeli panel surya jika hanya akan rusak..."

"Ayah, bukan panelnya yang salah, tapi instalaturnya yang cerdik yang harus disalahkan! Jika Anda pergi dengan perusahaan yang saya suruh..."

Ketika volume suara semakin meningkat pada pertandingan teriakan di antara mereka, Catena menyelipkan sekotak cannoli di bawah lengannya, melambaikan tangannya yang bebas untuk mengucapkan selamat tinggal, dan menuju ke pintu.

Sembilan

Panti jompo tempat Maria dirawat sedang dalam perjalanan pulang. Mereka tidak keberatan jika ia datang lebih awal. Catena memeriksa waktu - jam berkunjung baru saja dimulai. Sempurna.

Ibu baptisnya sedang berbaring di tempat tidurnya, menonton acara memasak, ketika Catena sampai di kamarnya. Catena bertanya-tanya apakah itu adalah resep yang sama dengan yang diambil ayahnya untuk membuat daging panggang.

Catena tidak perlu repot-repot mengetuk pintu. "Hai, Maria. Ibu membuat cannoli, dan kupikir kau mungkin suka." Dia mengacungkan kotak itu.

Maria mendongak, menyipitkan mata sejenak ke wajah Catena. Catena menunggu, bertanya-tanya apakah Maria akan mengenalinya hari ini.

"Putri baptis saya menyukai cannoli. Apakah saya pernah menunjukkan fotonya?" Maria bertanya sambil mengangkat remote untuk mematikan acara TV.

Catena menghela napas dalam hati, namun tetap tersenyum. "Saya tidak yakin. Siapa namanya?"

Maria menunjuk ke sebuah foto di dinding di samping tempat tidurnya. "Itu dia. Catena. Orangtuanya ingin dia dibesarkan secara Katolik seperti mereka, tetapi dia terlalu penasaran untuk tetap berpegang pada pandangan sempit tentang dunia. Dia akan menjadi arkeolog, seperti saya, tunggu dan lihat saja nanti."

Catena ingin sekali mengingatkan Maria bahwa ia sudah menjadi seorang arkeolog, telah menyelesaikan gelar kehormatannya dan akan mengambil langkah selanjutnya, tapi bukan salah Maria jika ia tidak ingat. Alzheimer telah mencuri ingatannya, dan mengingatkan Maria akan fakta itu hanya akan menghasilkan sumpah serapah paling kreatif yang pernah didengar Catena, yang mencakup setidaknya enam bahasa, beberapa di antaranya sudah tidak bisa digunakan lagi, dan menimbulkan komplain dari seluruh panti jompo karena kata-kata yang dimengerti oleh para penghuninya. Karena ketika Anda bisa mengumpat dalam lebih dari selusin bahasa, Anda bisa menyinggung perasaan semua orang.

"Apa yang membuatmu berkata seperti itu?" Catena bertanya balik. Maria mungkin tidak ingat siapa dirinya sekarang, tetapi terkadang dia memiliki ingatan yang sangat jelas tentang masa-masa mereka bersama ketika dia masih kecil.

"Dia mendengarkan semua cerita saya, setiap penggalian yang pernah saya lakukan. Mesir, Pompeii, Roma, Turki... saat itu saya berhasil sampai ke Rusia..." Maria tersenyum. "Dan ketika dia sudah cukup besar, saya akan melihat dia sudah siap juga. Aku telah meninggalkan segalanya dalam wasiatku. Rumah... semuanya. Dia juga akan memiliki seseorang untuk menjaganya."

"Saya... maksud saya, dia akan melakukannya? Siapa?"

Maria mengedipkan mata. "Gargoyle, itulah dia! Dia lebih berharga dari apa pun yang ada di dalam rumah ini, karena dia akan menjadi pelindungnya. Dia akan memastikan tidak ada hal buruk yang terjadi padanya."

Patung di atas atap. Catena menghela napas. Di sini dia berharap bahwa mungkin Maria telah berbicara dengan beberapa kolega lamanya, seseorang yang mungkin menawarkan lebih banyak pilihan untuk penelitiannya daripada yang bisa dilakukan oleh Profesor Bishop.

"Sekarang, di mana cannoli itu?" Maria bertanya.

Catena duduk di sampingnya dan membuka kotak itu.

"Apakah saya pernah bercerita tentang waktu..."

Maria sudah, karena Catena telah mendengar semua ceritanya, tetapi dia tidak pernah bosan dengan cerita-cerita itu, jadi dia duduk untuk mendengarkan.

Sepuluh

Ketika para perawat mengusirnya dari kamar Maria dan kembali ke rumah, matahari musim dingin menarik Catena ke atap pada hari Minggu sore, dengan membawa laptop dan sebungkus Tim Tams untuk menemani secangkir kopi. Saat biskuitnya habis, ia telah membaca daftar proyek Profesor Bishop dua kali, dan ia masih belum memilih satu pun.

Ia berharap bisa membicarakannya dengan keluarganya, Maria, atau bahkan salah satu temannya, namun tak satu pun dari mereka yang mau mengerti. Sibyl akan melakukannya, jika ia tidak sedang bekerja menggali es di dekat Lingkaran Arktik, di mana akses telepon dan internet nyaris tidak ada. Terakhir kali ia menelepon, ada begitu banyak suara statis, Catena hampir tidak mengerti apa yang ia katakan.

Dari mereka yang masih di sini, hanya Alethea yang berniat melanjutkan pendidikan doktoralnya, dan dia sudah memiliki proyek yang dipilihkan untuknya - penggalian pemakaman di mana perusahaannya memenangkan proyek. Mereka membayarnya untuk melakukan penggalian situs yang sebenarnya, jadi dia akan gila jika tidak memilih proyek itu. Tapi Catena bekerja di perpustakaan, bukan perusahaan konsultan warisan budaya, jadi meminta atasannya untuk membuat keputusan untuknya bukanlah sebuah pilihan.

Sungguh, dia hanya ingin seseorang memberitahunya apa yang harus dilakukan, membuat keputusan untuknya. Orang itu bisa siapa saja, asalkan bukan dia yang melakukannya. Ya, harus seseorang yang mengenalnya, dan tahu tentang proyek-proyeknya, dan apa yang cocok untukny a...

"Bagaimana menurutmu?" tanyanya pada gargoyle yang duduk di tepi atap. Dia sudah ada di sana sejak tempat itu dibangun, ibu baptisnya telah memberitahunya, ketika dia masih tinggal di apartemen ini, sebelum dia pindah ke panti jompo. Dia tahu semua rahasia bangunan ini, dan dia telah mendengar cerita-cerita tentangnya sejak dia cukup umur untuk berbicara. Itu tidak sama dengan mengatakan bahwa dia tidak suka kacang polong, atau bahwa dia menggigit anak laki-laki pertama yang dia cium sehingga anak laki-laki itu pergi meratap pada ibunya, tapi dia tahu dia tidak pernah menceritakan rahasianya pada siapa pun, karena ibu baptisnya mengatakan bahwa para gargoyle adalah pelindung, yang sangat setia pada mereka yang berada di bawah asuhan mereka. Ditambah lagi, dia tidak pernah meninggalkan eyrie-nya, di bagian atas gedung.

Pada hari dia membantu Maria mengemasi barang-barangnya untuk panti jompo, Maria menunjuk ke arah gargoyle itu dan berkata bahwa tugasnya adalah melindungi Catena sekarang, karena apartemen itu adalah miliknya. Catena telah mengaitkannya dengan demensia Maria yang semakin parah pada saat itu, tetapi hal itu tidak menghentikannya untuk berbicara dengan gargoyle tersebut.

Suatu hari, ia mungkin akan memelihara kucing, seperti tetangganya, tetapi ia tidak merasa cukup bertanggung jawab untuk menjadi pemilik hewan peliharaan. Dia berjuang untuk menjaga tanaman Maria tetap hidup seperti semula.

Gargoyle itu hanya duduk di sana, terlihat serius, seperti sedang menunggu dengan sabar untuk melanjutkan.

Yah, dia mungkin harus memberikan semua fakta kepadanya. Bahkan hanya dengan membicarakannya dengan lantang mungkin bisa membantu.

"Perjalanan antar negara bagian dan luar negeri, saya bisa langsung mencoretnya dari daftar. Saya tidak mampu untuk bepergian, atau tinggal di kota lain untuk sementara waktu. Bahkan kota-kota di Australia Barat yang terlalu jauh untuk dikunjungi, saya tidak bisa melakukannya. Apa pun yang lebih jauh dari Geraldton atau Albany, sungguh. Maksud saya, semua proyek Pilbara bisa ditempuh dalam dua hari perjalanan, dan saya tidak memiliki kendaraan roda empat, yang cukup banyak dibutuhkan di luar sana.

"Jadi, ada tiga situs dalam daftar yang mungkin bisa saya kunjungi. Penggalian Abrolhos dengan Museum Maritim, proyek Penjara Fremantle, atau pemakaman di Perth Timur. Nah, dengan asumsi penggalian Abrolhos berjalan lancar, saya seharusnya bisa berkendara ke Geraldton, dan tim Maritime Museum pasti memiliki perahu, jadi saya bahkan bisa tidur di dek kapal, jika perlu. Artefak-artefak itu akan kembali ke Galeri Kapal Karam, yang hanya berada di ujung jalan dari sini, jadi saya tidak perlu menginap di Geraldton, atau di pulau-pulau lain, dan saya dengar pemandangannya sangat indah di sana..."

Dia juga mendengar bahwa hiu-hiu itu sangat besar. Panjangnya enam atau tujuh meter, cukup besar untuk memakannya dalam sekali telan.

"Selama saya tetap berada di luar air, hiu-hiu akan meninggalkan saya sendirian."

Bukan berarti mereka membiarkan para korban kapal karam sendirian. Menurut beberapa laporan yang dia baca, banyak korban yang selamat akhirnya dimakan oleh hiu, dan itulah sebabnya mengapa hanya sedikit mayat yang dikuburkan di pulau-pulau tersebut.

"Saya pernah mendengar cerita-cerita itu. Tidak ada yang mau tidur di pulau itu, karena berhantu. Bagaimana dengan semua orang yang terbunuh, dan orang-orang yang menjadi gila dan melakukan pembunuhan, lalu penyiksaan dan eksekusi setelahnya..." Catena menelan ludah. Kisah Batavia mungkin salah satu yang paling mengerikan dalam sejarah Australia Barat, dan itu terjadi dua abad penuh sebelum Koloni Sungai Angsa bahkan menetap. "Saya tidak yakin bagaimana saya akan pergi jika kami menggali mayat. Maksud saya, jika mereka dibunuh atau dieksekusi atau apa pun. Saya harus membaca ulang semua terjemahan dari persidangan dan semuanya, untuk dapat mengutipnya dalam tesis saya."

Ya, mungkin yang di Abrolhos adalah ide yang buruk.

"Lalu ada Pemakaman Perth Timur. Alethea sudah mengerjakan yang itu, jadi saya pasti tahu seseorang. Tapi dia juga akan mengerjakan PhD-nya tentang apa yang dia temukan di sana, dan mungkin tidak akan cukup bahan untuk dua proyek penelitian. Itu benar-benar tergantung pada apa yang ada di pemakaman. Tentu saja, mayat yang sudah lama dikubur. Maksud saya, jasad-jasad di Abrolhos sudah menjadi kerangka sekarang, tapi Pemakaman East Perth masih digunakan seabad yang lalu, atau setidaknya saya pikir begitu, jadi jasad-jasad itu mungkin masih ... um, membusuk. Atau tidak membusuk, tergantung bagaimana mereka dikuburkan..."

Siapa yang sedang bercanda? Dia tidak ingin menggali mayat, di Abrolhos atau di pemakaman.

Dia mengeluarkan tawa yang bergetar. "Ya, saya tahu apa yang Anda pikirkan. Empat tahun dari sekarang, apakah saya ingin memperkenalkan diri saya sebagai Dokter Catena Kelly, ahli penggalian mayat? Lebih buruk lagi, apakah saya ingin terus menggali mayat selama sisa karier saya?"

Sang gargoyle, tentu saja, menepati nasihatnya.

"Yang menyisakan proyek-proyek penjara. Mereka orang lokal, di atas bukit dari sini." Dia berbalik dan menunjuk. "Mereka memiliki koleksi museum sendiri di lokasi, jadi artefak apa pun yang kami temukan akan tetap berada di sana, jadi saya tidak akan kesulitan untuk mengaksesnya. Kedua proyek ini didanai sepenuhnya oleh , jadi mereka pasti akan terus berjalan. Ditambah lagi, ada lebih banyak kesempatan untuk menemukan sesuatu yang penting, karena bangunan yang sama telah ada di sana selama ini. Lokasinya sempurna, sungguh, hanya saja... setiap kali saya ke sana, dalam perjalanan sekolah atau apa pun, saya baru saja... mendapatkan perasaan yang sangat buruk.

"Maksud saya, ini adalah penjara. Dibangun oleh narapidana yang harus tinggal di dalamnya, kemudian dijadikan penjara dengan keamanan maksimum yang dipenuhi pemerkosa dan pembunuh berantai serta orang-orang yang melakukan hal-hal buruk sehingga mereka digantung karena kejahatan mereka. Tiang gantungannya masih ada di sana, dengan tali dan pintu jebakan dan semuanya. Saya hampir tidak tahan untuk tinggal di sana selama tur. Harus pergi ke sana setiap hari untuk bekerja dan menggali barang-barang, di tempat-tempat di mana orang-orang itu menghabiskan hari-hari mereka ... beberapa dari mereka masih hidup, dan masih di penjara, tetapi dipindahkan ke Casuarina ketika Fremantle ditutup. Orang-orang yang begitu jahat, mereka telah berada di penjara lebih lama daripada saya hidup!"

Dia mendengar tempat itu juga berhantu, hampir sama berhantunya dengan Abrolhos. Tempat seperti apa di Perth yang pemakamannya paling tidak berhantu dalam daftarnya?

"Pokoknya, jadi itu benar-benar hanya tiga pilihan, kecuali ada hal lain yang secara ajaib muncul, dan itu tidak mungkin. Jadi, bagaimana menurutmu?" Dia menunggu beberapa saat, sebelum mengangkat tangannya dan menepuk-nepuk patung yang dihangatkan oleh sinar matahari itu. "Tidak, jangan katakan sekarang. Banyak yang harus dicerna. Kita berdua mungkin harus tidur dulu, dan kamu bisa memberitahuku besok pagi."

Dia menepuk patung itu untuk terakhir kalinya, merasa heran dengan kehangatan di bawah tangannya, seolah-olah patung itu adalah makhluk hidup dan bukan hanya batu yang diukir, diam dan waspada hingga berabad-abad lamanya cuaca mengikisnya menjadi pasir. Seandainya saja patung itu bisa berbicara, untuk menceritakan semua hal yang telah dilihatnya dari matanya di atas sini...

Catena tertawa dan menggelengkan kepalanya, lalu turun ke dapur untuk memulai makan malam. Mungkin jawabannya akan datang kepadanya saat dia sedang memasak.

SEBELAS

Tor mengikutinya ke atap, yang dia terkejut menemukan perabotan seperti salah satu ruang duduk di dalam rumah, dengan sofa, meja, dan kursi. Dia meringkuk di salah satu sofa, dengan perangkat seperti buku yang secara ajaib menunjukkan gambar-gambar berbeda sesuai perintahnya.

Sudut pandang terbaik adalah patung batu yang menghadap ke depan bangunan yang tampak seperti mengawasi jalan di bawahnya. Tor menyelinap ke dalam makhluk itu, menatap bagian belakang kepalanya ke arahnya.

Pada awalnya, dia mengabaikannya, seperti kebiasaannya. Dia adalah pelayannya, jauh di bawah pengawasannya, kecuali jika dia ingin dia melakukan sesuatu. Tapi dia tidak pernah memberinya satu perintah pun sejak malam pertama dia memanggilnya untuk menjadi pelayannya.

Mungkin dia sudah tidak berguna lagi baginya, dan bermaksud untuk mengirimnya kembali ke kegelapan dari mana dia berasal. Jika itu adalah keinginannya, maka tentu saja dia akan merasakan suatu tarikan ke arahnya, seperti dorongan yang tak tertahankan yang telah membawanya untuk membelanya, pada saat dia membutuhkannya. Namun satu-satunya tarikan yang dia rasakan sekarang adalah ke arahnya. Dia tidak ingin kembali ke tidurnya yang tak bernyawa, menunggu panggilan yang mungkin tidak akan pernah datang. Dia ingin...

"Bagaimana menurut Anda?"

Tunggu, apakah dia berbicara kepadanya? Dia tampak menatap tepat ke arahnya, seolah-olah dia bisa melihatnya bersembunyi di dalam patung.

Sebelum dia dapat mengumpulkan akalnya yang terpencar-pencar untuk dapat menjawabnya, dia mulai menjelaskan.

Dia adalah seorang sarjana, dia menemukan, dengan pengetahuan yang luas tentang sejarah dan kedokteran, atau setidaknya tubuh manusia. Dia membenci kekerasan, karena ketika memikirkan hal itu menyentuh kepekaannya yang lembut, dia bergidik seolah-olah ada tangan yang terangkat untuk menyakiti dirinya sendiri dan bukannya korban yang sudah lama meninggal di masa lalu. Dia terlahir dengan lembut, dengan suara yang lembut namun diucapkan dengan baik yang dapat dengan senang hati dia dengarkan sepanjang hari. Dan meskipun dia biasanya mengenakan celana panjang pria, sebuah mode yang belum pernah Tor dengar sebelumnya, dia bukanlah satu-satunya - dia bisa melihat beberapa wanita lain di jalan di bawahnya yang mengenakan pakaian yang sama, meskipun ada juga yang mengenakan rok. Mungkin ini adalah pakaian yang diharapkan untuk seorang pelajar wanita. Dia tidak tahu - dia belum pernah bertemu dengan seorang pun sebelumnya.

Semakin banyak dia berbicara, Tor semakin yakin bahwa dia belum pernah bertemu dengan orang yang seperti Nona Catena Kelly. Bahkan namanya terdengar seperti irama harmonis pahat yang berdenting di atas batu...

"Jadi bagaimana menurut Anda?" tanyanya lagi.

Untuk kedua kalinya, lidahnya tersangkut lagi, dengan pikirannya yang kacau tentang apa yang harus dan tidak boleh dikatakan, dan apakah dia akan mengizinkannya untuk memanggilnya dengan nama, seperti yang dia inginkan, atau seorang sarjana terpelajar seperti dia benar-benar ingin mendengar pemikiran seseorang yang tidak terpelajar seperti dia ...

Kemudian tangannya mendarat di kepala patung itu dan dia kehilangan semua pikirannya sama sekali. Dia berusaha keras untuk meraihnya melalui lapisan batu tipis yang memisahkan mereka. Patung bermandikan cahaya matahari sore, yang tidak berani disentuhnya, kecuali jika dia ingin terjebak sebagai kembaran patung ini sampai matahari terbenam. Lalu bagaimana dia akan menjawabnya?

"Tidak, jangan katakan sekarang. Ceritakan padaku besok pagi," katanya, seolah membaca pikirannya. Mungkin dia bisa, karena jika dia bisa melihatnya, tak terlihat di dalam patung, maka hanya tinggal sedikit lagi untuk mencapai pikiran-pikiran di dalam kepalanya. Dia juga harus menjaga pikiran-pikiran itu.

Satu tepukan terakhir yang Tor harapkan dapat ia rasakan dengan segenap keberadaannya, sebelum ia masuk ke dalam.

Hanya ketika dia pergi, kebanggaan membuncah di dadanya. Dia telah memberinya sebuah perintah! Perintah yang dia tidak tahu bagaimana dia akan memenuhinya, karena dia hampir tidak mengerti setengah dari apa yang dia katakan, tapi dia akan melakukan yang terbaik. Sementara dia tidur, karena dia tidak tidur, dia akan mengumpulkan pikirannya yang berserakan dan mencoba untuk menemukan kata-kata untuk menyampaikannya kepada wanita itu, dengan cara apa pun yang dapat membantu.

Karena jika dia dapat menolongnya sekarang, dia mungkin memiliki perintah lain untuknya, sehingga dia dapat tetap berada di sisinya, mengawasinya, daripada dikirim kembali ke dalam kegelapan.

Dan dia ingin bertahan lebih dari apa pun.

Dua Belas

Untuk malam kedua berturut-turut, Tor memperhatikan Nona Kelly dari dinding rumahnya. Dia setengah berharap Nona Kelly akan memberinya perintah baru, dan membatalkan perintah terakhir, tapi Nona Kelly langsung tidur tanpa mengucapkan sepatah kata pun kepadanya, sehingga dia hanya mendapat perintah yang sama... dan tidak tahu harus berkata apa.

Dia ingin memberikan nasihat yang baik untuknya. Dia juga harus jujur, karena seorang wanita yang bisa membaca pikirannya pasti bisa mengetahui kebohongannya. Kemudian lagi, bukankah bodoh untuk meminta nasihat dalam memilih jalan hidup dari seorang pria yang tidak memiliki ingatan akan jalan hidupnya sendiri, atau pilihan apa pun di dalamnya, dan yang bahkan tidak tahu apa-apa tentang masa lalunya atau masa depan yang mungkin ingin ia bentuk? Dia adalah pelindungnya, bukan penasihatnya.

Ketika dia yakin bahwa dia sudah tertidur pulas, Tor naik ke atap, dan mondar-mandir di sana seperti orang yang gila karena terlalu banyak pikiran di kepalanya. Berulang kali, dia mengulangi apa yang dikatakannya di dalam kepalanya. Pulau, pemakaman, atau penjara? Mana yang paling ingin dia pelajari? Dan apa... oh, kengerian yang mengerikan, pikirnya?

Garis-garis fajar yang samar-samar menerangi langit, dan dia masih belum bisa berkata apa-apa.

Lebih buruk lagi... jika Nona Kelly, yang jauh lebih pintar darinya, tidak bisa membuat pilihan, lalu bagaimana dia bisa?

Kemudian, hal terburuk yang dapat dia lakukan adalah mengirimnya kembali ke kegelapan. Jika dia tidak memiliki keberanian untuk menjawab perintahnya, maka dia sebaiknya kembali dari tempat asalnya.

Jika kegelapan akan menjadi takdirnya, apa pun yang dia pilih, setidaknya dia tidak akan pergi sebagai pengecut.

Tor pergi ke dinding kamar tidurnya. Dia mempertimbangkan untuk tetap berada di dalam dinding, sehingga yang bisa didengarnya hanyalah suaranya, seperti yang dia lakukan tadi malam, tapi dia berhak mendapatkan lebih dari itu. Selain itu, jika dia bisa melihatnya bersembunyi di dalam dinding, maka tidak ada yang bisa disembunyikan darinya.

Tor melangkah keluar dari plester di sudut kamarnya, sejauh mungkin dari jendela. Dia melingkarkan sayapnya ke tubuhnya dan menundukkan kepalanya, dengan menundukkan kepala sedalam-dalamnya sebagai bentuk penghormatan.

"Nona Kelly, mohon maaf atas keterlambatan jawaban saya, tapi ini masih pagi, jadi saya akan berusaha untuk mematuhi perintah Anda. Anda meminta saya untuk memberi tahu Anda apa yang saya pikirkan... dan... saya..."

Suaranya telah mati pada dirinya. Neraka dan kutukan dan testis kiri inspektur beringus yang mengerut itu... Tor berdeham dan mencoba lagi.

"Nona Kelly, saya rasa Anda jauh lebih bijaksana daripada saya, dan tidak ada orang lain yang lebih baik daripada diri Anda sendiri untuk membuat keputusan penting tentang masa depan dan kebahagiaan Anda. Satu-satunya keinginan saya adalah melihat Anda aman dan bahagia, dan saya akan melakukan segala sesuatu dengan kekuatan saya untuk membantu Anda mendapatkan kedua hal tersebut. Jika ada yang bisa saya lakukan, Anda hanya perlu meminta, dan itu akan dilakukan.

"Tetapi saya pikir Anda tahu hati Anda sendiri, dan pulau, pemakaman, dan penjara tidak akan cukup untuk memuaskan Anda, itulah sebabnya Anda mencari di tempat lain. Ini adalah harapan tulus saya bahwa jalan baru akan terbuka untuk Anda, dan Anda akan mengizinkan saya untuk terus melindungi Anda saat Anda menjelajah di jalan yang Anda pilih."

Tor mendongak ke atas. Sinar matahari sudah merayap masuk melalui gorden. Dia hanya punya waktu sesaat...

"Saya merasa terhormat bisa melayani Anda," katanya, sebelum dia terpaksa melarikan diri.

Tiga Belas

Catena tidak bisa tidur nyenyak malam itu, dan dia terbangun sebelum fajar, yakin bahwa gargoyle itu telah turun dari atap dan berjongkok di sudut kamar tidurnya, berbicara dengannya.

Dia mengatakan sesuatu tentang tidak ada proyek yang cukup baginya, dan bagaimana dia merasa terhormat untuk melayani. Ia berharap bisa memintanya untuk mengulangi semuanya, karena itu terdengar sangat berbunga-bunga, tetapi sudut tempat ia mengira ia akan duduk sekarang kosong, diterangi oleh seberkas cahaya dari matahari yang terbit.

Tidak ada gargoyle di kamarnya - dia menempel kuat di atap, di mana dia seharusnya berada. Setelah dia sarapan dan minum banyak kopi, dia bisa naik ke sana dan memintanya untuk mengulanginya, dan merasa seperti orang bodoh karena bermimpi tentang ornamen atap yang bisa berbicara.

Hal berikutnya yang dia tahu, dia akan berbicara dengan jembalang kebun. Hmm, sebaiknya hindari Bunnings untuk sementara waktu, siapa tahu dia tergoda untuk mencobanya.

Untungnya, tidak ada di perpustakaan, tempat dia akan bekerja hampir sepanjang hari ini. Selama dia masih cukup sadar untuk berjalan ke sana, yang akan membutuhkan... kopi.

Dia turun ke lantai bawah ke dapur, di mana dia berhasil memasukkan sebuah pod ke dalam mesin kopi dan membuat semangkuk sereal untuk dirinya sendiri, tanpa menyerah pada godaan sekotak cannoli. Tapi hanya saja.

Beberapa waktu kemudian, setelah mandi, berpakaian (dan memeriksa ulang untuk memastikan bajunya tidak terbalik atau apa pun), dia menyeduh secangkir kopi kedua. Ia mengambil mug perjalanannya untuk menuangkannya ke dalam perjalanan ke kantor, lalu memeriksa waktu dan menyadari bahwa bangun pagi memiliki keuntungan tersendiri - ia memiliki waktu untuk meminumnya sebelum ia harus berangkat kerja.

Cangkirnya sudah kosong terlalu cepat, meskipun ia tidak merasa lebih waspada daripada saat ia bangun tidur. Oh, baiklah - seharusnya perpustakaan hari ini sepi, jadi tidak akan ada yang menyadari jika dia sedikit lebih lambat dan mengantuk dari biasanya. Kecuali jika dia tertidur di meja pertanyaan, tentu saja... nah, itu akan sangat memalukan!

Tidak, dia tidak akan pernah menjadi tidak profesional. Sebaliknya, dia akan melakukan pekerjaannya, dan melupakan proposal penelitian selama beberapa hari. Mimpi gargoyle... oke, mungkin alam bawah sadarnya sendiri... benar, dan menunggu adalah cara yang tepat. Dia akan memasukkan proposal di menit-menit terakhir, sama seperti orang lain.

Benar. Sepatu. Dompet. Telepon. Kunci... di mana dia... oh, ada di sana, di bawah kacamata hitamnya. Dia mungkin membutuhkannya, karena hari ini cerah, meskipun sedang musim dingin.

Sesiap mungkin, Catena keluar dari pintu untuk menjalani hari yang ia harapkan akan menjadi hari yang baik.

Empat Belas

"Nona!"

"Apakah Anda Manusia Ngengat?"

"Apakah Anda berkencan dengan Manusia Ngengat?"

"Nona! Nona! Apakah Anda mengenal Manusia Ngengat?"

Catena bahkan belum menutup pintu luar sebelum mereka berkumpul, datang padanya dari segala arah dengan kamera, mikrofon, telepon, dan begitu banyak teriakan...

Jadi dia melakukan apa yang selalu dia lakukan ketika seseorang mulai meneriakinya. Dia berlari.

LIMA BELAS

Dia mengulurkan tangannya, telapak tangan terbuka, menghentikannya. "Tidak."

Lapisan batu yang paling tipis berdiri di antara dia dan massa yang mengepungnya. Massa yang harus dia lindungi. Siapakah Nona Kelly yang mengatakan TIDAK ketika melindunginya adalah tujuannya?

Namun ia tetap taat, seperti budak yang paling rendah, karena ia tahu apa yang akan terjadi jika ia tidak taat. Cambuk dari kata-katanya, mengirimnya kembali ke dalam kegelapan, di mana dia tidak bisa melindunginya sama sekali.

Matahari memandikan kerumunan orang saat itu, seolah-olah telah menunggu di balik awan, siap untuk menangkapnya dalam cengkeramannya dan mengubahnya menjadi patung, jika dia mengabaikan perintahnya dan mengarungi keributan. Cahaya yang melingkupi kerumunan orang yang sama sekali bukan malaikat.

Kecuali pelajar yang melarikan diri yang telah menolak bantuannya, berlari menyusuri jalan dengan cahaya pagi di punggungnya. Aman, karena tidak ada satupun dari mereka yang mengejar.

Tidak seperti pria pada malam pertama, ketika dia meminta bantuannya, tidak mengatakan TIDAK.

Dia tidak bisa mengatakan tidak. Dia dipanggil untuk melindungi, membela, dan bekerja. Jika dia mengatakan tidak, maka dia tidak akan pernah bebas.

Bebas memilih, menolak apa yang tidak diingi nkannya...

Apakah dia pernah benar-benar bebas? Apakah dia?

Batu yang mengelilinginya sangat membebani pundaknya. Berton-ton batu kapur yang dipenuhi kerang-kerang kecil yang dulunya bebas berenang di laut, kini terperangkap seperti dirinya.

Namun itu masih tidak seberat rantai. Jika ia bebas memilih, ia akan selalu memilih batu daripada baja.

Catena adalah seorang sarjana, jauh lebih berpendidikan daripada dirinya. Mungkin dia benar untuk mengatakan tidak, karena dia tahu lebih banyak daripada dia. Dia bisa melihat Catena aman, melambatkan langkahnya saat dia berbelok di tikungan.

Enam Belas

Pada saat ia mengitari tikungan kedua, para jurnalis atau siapa pun itu, telah menyerah dalam pengejaran mereka, dan Catena berani melambat lagi dan mengatur napas. Dia relatif tidak terluka dari keributan itu, tetapi secangkir kopi yang dibawanya adalah masalah lain. Catena menghela napas. Ia harus pergi ke ruang staf untuk membuat secangkir kopi lagi, karena ampas kopi yang satu ini tidak layak untuk diminum.

Callie, sang dosen bahasa Latin, sudah berada di sana.

"Selamat pagi," Catena menyapanya.

Callie mengangkat tangannya. "Sebelum Anda bertanya, izinkan saya menghentikan Anda di sana. Tidak, aku tidak tahu apa-apa tentang Manusia Ngengat. Tidak, saya tidak melihatnya tadi malam, dan tidak, tidak ada catatan sejarah tentang apa pun yang sedikit pun menyerupai Manusia Ngengat di bagian mana pun dalam arsip saya, karena Manusia Ngengat adalah mitos urban, berdasarkan tipuan yang dipentaskan di beberapa kota kecil di Amerika. Tidak ada Manusia Ngengat, tidak pernah ada Manusia Ngengat, dan tidak akan pernah ada, karena mereka memang tidak ada!"

Apakah Callie melihat awak media di luar rumahnya? Tidak, tentu saja tidak. Ternyata dia telah digigit serangga yang sama dengan para wartawan itu.

"Apa itu Manusia Ngengat, dan mengapa semua orang begitu tertarik padanya, tiba-tiba?" Catena bertanya, membuka tutup cangkirnya dan menuangkan apa yang tersisa ke saluran pembuangan. Ugh, ada kopi di mana-mana - dia harus mencuci dan mengeringkannya sebelum berani membawanya ke perpustakaan.

Callie melambaikan tangannya untuk menolak. "Itu hanya mitos. Satu-satunya alasan semua orang membicarakannya adalah karena seseorang mengenakan kostum Batman yang buruk, memfilmkannya, menambahkan beberapa efek khusus, dan kemudian mengunggah videonya secara online, dan videonya menjadi viral. Bahkan situs-situs berita pun mengangkatnya, karena ini adalah penampakan monster kedua di Fremantle dalam sebulan terakhir, atau setidaknya itulah yang mereka katakan." Dia mendengus. "Seolah-olah zombie juga nyata."

Catena bertanya-tanya apakah dia masih bermimpi, karena semua ini tidak masuk akal. "Ada zombie di Fremantle?"

"Tentu saja tidak ada. Bahkan tidak ada yang palsu - seseorang pasti akan menangkapnya di kamera jika memang ada. Tidak, itu adalah lelucon yang dilakukan oleh beberapa anak SMA, saya yakin itu. Seseorang menggali kuburan tua di pemakaman Fremantle yang pertama, meninggalkan jejak tangan dan kaki di tanah lunak di sekitarnya. Seperti ada zombie yang bangkit, atau setidaknya itulah cerita yang diceritakan anak-anak ketika mereka sampai di kantor polisi. Sesuatu tentang seorang pria yang berjalan terhuyung-huyung. Jika Anda bertanya kepada saya, mereka mungkin mengganggu seorang tunawisma yang sedang tidur di semak-semak. Melayani mereka dengan benar."

Zombie dan Manusia Ngengat. Di Fremantle. Apa selanjutnya? Catena berhasil tersenyum lemah. "Siapa yang akan menetapkan Fremantle sebagai Pusat Monster? Di film-film, biasanya kota kecil di Amerika, atau bagian kumuh dari salah satu kota mereka. Apa selanjutnya? Vampir? Iblis? Winchester bersaudara?"

Callie menggelengkan kepalanya. "Meskipun saya tidak akan menolak kunjungan dari Sam dan Dean, itu pasti hanya sebuah aksi. Monster itu tidak ada. Setidaknya, bukan jenis supranatural. Hanya orang-orang yang melakukan hal-hal mengerikan." Dia mengangkat bahu. "Lihat saja sendiri videonya. Cari Manusia Ngengat Fremantle - kau akan menemukannya. Lihatlah betapa palsunya ia terlihat. Kami tidak akan mengharapkan kunjungan dari keluarga Winchester atau apa pun yang setara dengan mereka dalam waktu dekat."

Andai saja para reporter pagi ini memiliki kepekaan seperti Callie. Ah, tapi itu semua tentang sensasi, bukan? Mengejar sebuah cerita...

Berbicara tentang cerita, dia harus mengarang cerita jika dia tidak segera sampai di perpustakaan untuk menjelaskan mengapa perpustakaan tidak dibuka tepat waktu.

Dia bisa menonton video tersebut di mejanya, saat dia punya waktu luang. Kemudian dia akan tahu apa itu Manusia Ngengat, dan mudah-mudahan bisa menghindari apa pun yang berhubungan dengan mereka lagi.

Pagi hari berlalu dengan berbagai pertanyaan, kebanyakan dari mereka adalah mahasiswa yang mencari...ya, informasi tentang Manusia Ngengat. Sepertinya, setelah mereka menyelesaikan ujian, mereka merasa hal yang paling tepat untuk dilakukan adalah mengejar monster teori konspirasi. Dia tidak ingat pernah melakukan hal itu setelah ujian. Tidak, perayaan setelah ujian biasanya melibatkan alkohol, bukannya lebih banyak penelitian.

Namun, perpustakaan sudah tutup tak lama setelah makan siang, dan saat itulah ia memberanikan diri untuk mencari video konyol itu. Dia harus memutarnya dengan suara pelan, atau berisiko mengganggu orang yang sedang belajar, tetapi gambarnya sudah cukup.

Sepertinya video tersebut direkam dari salah satu jendela lantai atas di seberang rumahnya, karena ia mengenali toko-toko di lantai bawah dengan cukup jelas. Manusia Ngengat - yang memang terlihat seperti Batman, dia harus mengakui - membentangkan jubah atau sayapnya atau apa pun yang dia kenakan, dan dia melihat dirinya berlari ke arahnya. Pria yang mengejarnya mengangkat kedua tangannya ke udara, tergelincir dan berhenti, lalu berlari kembali ke arah asalnya, dan Batman atau Manusia Ngengat atau siapa pun dia hanya berputar ke arah pintu, lalu menghilang. Dia harus menontonnya beberapa kali, tapi tidak salah lagi dengan sweter yang dia kenakan pada Jumat malam, atau seberapa cocok video itu dengan ingatannya sendiri. Dia menabrak seseorang dan terbangun di tempat tidurnya sendiri. Dia hampir berharap video itu lebih panjang, menunjukkan saat-saat setelah ingatannya hilang, tapi hanya itu yang ada. Dia seharusnya bersyukur video itu tidak menunjukkan wajahnya, atau para reporter pagi ini tidak akan membiarkannya pergi dengan mudah.

Oh, sial, para wartawan - berapa lama mereka akan menunggu di luar rumahnya? Tentunya tidak sepanjang hari. Jika mereka menunggunya saat dia pulang...

"Um, permisi. Saya ingin tahu apakah Anda bisa memberi tahu saya di mana saya bisa menemukan buku-buku tentang Manusia Ngengat?"

Catena mendongak dari layarnya dan menatap mata merah seorang siswa yang pasti telah belajar semalaman sebelum ujian hari ini. Jika saja ia memiliki pikiran yang sehat untuk mengeluarkan ponselnya dan menghabiskan waktu lima menit untuk mencari di internet... Ia menghela napas dan memberikan senyum santunnya pada anak bodoh. "Kami tidak memiliki buku fiksi di perpustakaan ini. Mungkin perpustakaan umum Kota Fremantle bisa membantumu. Mereka ada di dekat Balai Kota."

Dia telah mengatakan hal yang sama sepanjang hari, tetapi pria ini tampak lebih terpukul daripada yang lain. "Oh. Kalau begitu, Kay. Kurasa aku akan mencoba di sana, kalau begitu." Dia pun berlalu pergi. Catena sangat berharap ia bisa tidur nyenyak sebelum pergi ke perpustakaan lain.

Sekarang dia harus berharap tidak akan ada orang yang menghalangi ketika dia pulang ke tempat tidurnya malam ini.

Tujuh Belas

Sepanjang hari, Tor merenungkan kegagalannya. Apa yang seharusnya atau tidak seharusnya dia lakukan. Bahkan ketika dia berpikir untuk menanyai Nona Kelly, dia mendengar denting rantai bergema di benaknya. Dia tahu beban rantai-rantai itu di pergelangan tangannya, pergelangan kakinya, borgol kanvas ketat yang diikatkan di sekelilingnya untuk menghentikan lecet tetapi itu tidak pernah cukup, sudah tipis karena digunakan.

Rantai hantu itulah yang membuatnya tetap berada di dalam tembok, patuh pada kehendaknya, hingga matahari tenggelam di bawah cakrawala dan akhirnya, setelah sekian lama... dia kembali.

Lampu menyala di dapur, barang-barangnya bergemerincing di bangku. Cahaya yang menariknya seperti ngengat ke dalam kehangatan apinya. Bukan berarti dia memiliki api atau kebakaran di rumah ini. Itu cukup aneh, sungguh. Dia memiliki perapian, tapi tidak ada perapian dan tidak ada api. Dia tahu bahwa mereka harus tetap hangat, dan kemudian mereka memasak. Nona Kelly tidak terlihat kekurangan gizi, jadi pasti ada beberapa cara dia memasak makanannya. Atau mungkin ada orang lain yang memasak untuknya, jadi dia tidak perlu mengambil risiko kebakaran di rumahnya.

Namun... tidak ada seorang pun yang datang berkunjung atau membawakan makanan untuknya selama dia menjaganya. Jadi tidak mungkin itu.

Dia hanya perlu bertanya padanya. Dan berharap dia tidak akan menghukumnya karena menanyainya.

Dia memanjatkan doa dalam hati agar Nona Kelly berbelas kasih dan terbuka, lalu menarik napas dalam-dalam dan melangkah ke hadapannya.

Delapan Belas

Dia tetap berada di sisi lain jalan saat berjalan pulang. Jika awak media masih berkemah di luar pintu depan rumahnya, ia akan melihat mereka tepat waktu untuk memutar di tikungan dan menyelinap ke pintu belakang.

Catena menemukan kerumunan orang, baiklah, tetapi mereka tidak berada di rumahnya. Sebaliknya, mereka berkeliaran di luar kafe di seberang jalan dari rumahnya. Kafe dengan jendela di lantai atas yang diatur pada sudut yang tepat untuk video yang diambil dari salah satu dari me reka...

Dia mengamati kerumunan orang. Apakah orang yang merekam video itu berdiri di antara mereka?

Bisa jadi salah satu dari mereka, pikirnya. Sebagian besar dari mereka mengeluarkan ponsel mereka, sambil menggenggam kopi di tangan yang lain, semuanya dengan tekun mengamati jalan setapak di depan rumahnya.

Catena menghela nafas. Kalau begitu, pintu belakang harusnya.

Di tikungan, melewati halaman parkir yang kecil, dan menaiki tangga menuju pintu belakang. Memutar kuncinya dengan cepat dan dia pun masuk, mengunci pintu di belakangnya sambil berdoa agar tidak ada yang memperhatikan. Melewati pintu ruang penyimpanan, yang tidak pernah ia buka, dan menaiki beberapa anak tangga pendek menuju aula pintu masuk utama. Kemudian menaiki tangga besar, sedikit lagi membuka kunci, dan dia sudah berada di dalam apartemennya dengan aman.

Misi berikutnya: mencari tahu apa yang harus dimakan untuk makan malam. Dia ingin sekali makan pasta, tapi dia tidak ingat apakah dia meninggalkan daging cincang untuk saus bolognese di lemari es atau di freezer. Sial, sepertinya dia telah membekukannya. Yah, dia punya jamur dan daging asap. Bersama dengan saus yang creamy, itu akan cocok dengan pasta.

Dia mengambil sebungkus daging asap dan membawanya ke bangku.

Atau paling tidak, ia mencoba untuk melakukannya. Bungkusan itu terjatuh dari jari-jarinya yang tak berdaya sekitar setengah jalan, ketika dia melihat pria itu berdiri di dapurnya.

Manusia Ngengat yang berdarah dalam video itu, tidak kurang.

Catena tidak berpikir. Dia meraih pisau koki dari blok pisau, mengarahkannya dengan kuat ke arahnya dan berkata, "Siapa kamu dan apa yang kamu lakukan di rumah saya?"

Dia cukup bangga dengan suaranya yang tidak bergetar, meskipun lututnya pasti ingin bergetar.

Pria itu - karena tentu saja dia hanya seorang pria, manusia ngengat tidak benar-benar ada - bertubuh besar. Berbadan seperti pepatah batu bata, terutama saat dia melipat lengannya seperti itu, membuat otot-ototnya menonjol.

Dia begitu lebar sehingga hampir tidak terlihat sayapnya pada awalnya, menjorok keluar dari bahunya tetapi terlipat ke belakang seperti jas hujan kulit yang panjang. Kecuali itu bukan jas hujan, karena bahunya yang kekar sama telanjangnya dengan bagian tubuhnya yang lain. Tanpa kemeja, tanpa... sial, dia harus mengenakan celana di baliknya, karena dia sangat proporsional di semua bagian tubuhnya.

"Nona Kelly?"

Dia menyentakkan pandangannya dari pangkal paha ke wajahnya.

"Nona Kelly, aku Tor, pelindung sumpahmu. Kau memanggilku."

Tidak, dia pasti ingat pernah memanggil... seorang pria telanjang di dapurnya. Seseorang dengan sayap palsu yang diikatkan di punggungnya, entah bagaimana caranya, karena itu tidak mungkin nyata. Manusia ngengat tidak ada.

"Itu tidak mungkin," katanya, mencoba dan gagal untuk terdengar seperti mempercayai perkataannya sendiri. Karena tidak mungkin dia berhalusinasi tentang Hercules di dapurnya.

"Saya jamin itu benar. Anda memanggil saya malam itu untuk menyelamatkan Anda dari pengejar Anda, dan saya melakukannya. Aku di sini untuk melindungimu. Itulah tujuanku."

Dia benar-benar Manusia Ngengat, atau setidaknya pria yang ada di dalam video. Dia harus melihat lebih dekat pada sayapnya. Lalu dia akan tahu bahwa sayap itu palsu.

"Berbaliklah. Tunjukkan sayapmu," perintahnya.

Dia memiringkan kepalanya, lalu melakukan apa yang dia minta.

Sekilas, ia mungkin mengira sayapnya yang terlipat itu sebagai jas hujan, tetapi kemudian ia mulai mengembangkannya, seperti kelelawar raksasa yang menyebar dari satu dinding ke dinding lainnya, sampai ke seberang dapurnya. Lebar sayap yang sangat besar, yang dia bayangkan dia perlukan untuk mengangkat semua otot-otot itu dari tanah.

Ya, punggung itu. Semua otot-otot yang menumpuk, menopang berat sayapnya, sampai ke lesung pipinya. Yah, dia tidak pernah mengerti bagaimana pantat seseorang bisa terlihat seperti buah persik yang sempurna, tapi ada buktinya, di sana. Dua bola indah yang seharusnya tidak boleh dia lihat. Dean Winchester akan mati karena iri, jika dia melihat ini.

"Apakah Anda ingin menyentuhnya?"

Ya. Sebenarnya, dia ingin mengulurkan tangan dan meremasnya, untuk mengetahui apakah pipi bokong itu terasa lezat seperti yang terlihat.

Catena berdehem, berusaha melepaskan diri dari kondisi yang penuh dengan nafsu ini. Ia tidak berpikir untuk meraba-raba orang asing di dapurnya. Tidak sama sekali.

"Tidak, saya... Anda bisa menyimpannya, terima kasih. Sekarang ceritakan bagaimana kamu bisa masuk ke sini." Dia melipat tangannya di dadanya, dalam upaya putus asa untuk menghentikan dirinya dari meraih pria asing itu.

"Mengapa, cara yang sama seperti yang saya lakukan ketika saya menyelamatkan Anda malam itu. Melalui dinding."

Melalui dinding. Itu tidak masuk akal. Tunggu, hantu bisa berjalan menembus dinding. Nah, jika mereka ada, yang dia tidak begitu yakin.

"Apakah kamu hantu?" tanyanya.

Tor tertawa pelan. "Tidak, Nona Kelly. Aku sama seperti kau. Lihat?" Dia mengulurkan tangannya ke arahnya, telapak tangan menghadap ke atas.

Dia mengacungkan pisaunya. "Kamu mundur. Jangan mendekat." Namun tangannya yang bebas mengulurkan tangan, ingin sekali memegang tangannya, atau setidaknya menyentuh. Dia menyentuhkan ujung jari telunjuknya ke telapak tangannya. Hangat dan keras, seperti yang dia harapkan untuk dirasakannya. Sambil menelan ludah, ia membelai tangannya di telapak tangan pria itu, sekali saja. Kulitnya kasar, seperti kurang pelembab. Atau mungkin karena kapalan, karena bekerja untuk mencari nafkah, karena dia harus melakukan sesuatu yang berat sepanjang hari untuk memiliki otot-otot seperti itu.

"Anda bisa meletakkan pisaunya, Nona Kelly. Saya jamin, saya di sini untuk melindungimu, dan saya tidak bermaksud melukaimu. Jika Anda mencoba melukai saya, Anda hanya akan menumpulkan pisaunya, karena kulit saya tidak serapuh kulit Anda." Dia mengulurkan tangan dan mengusapkan tangannya di sepanjang pedang, lalu menunjukkan telapak tangannya. Tidak ada darah, meskipun ada sedikit debu. Seolah-olah pedang itu telah tergores... "Aku terbuat dari batu hidup, semakin baik untuk melindungimu."

"Siapa kamu?"

Jika dia mengatakan bahwa dia adalah Manusia Ngengat, dia akan melemparkan pisau ke arahnya, Catena memutuskan.

"Aku adalah gargoyle, pelindung batumu."

Catena tertawa terbahak-bahak. Dari semua hal yang bisa ia katakan, ini adalah yang terakhir yang ia harapkan.

"Gargoyle saya ada di atas atap. Dia bulat dan aneh, tidak bertubuh seperti..." Dia menunjuk ke arah panjang tubuhnya, hanya untuk mendapati dirinya menatap lagi. "Sial, bisakah kamu memakai celana?"

Mata Tor mengikuti tatapannya. "Oh, maafkan aku, Nona Kelly." Dia membawa salah satu sayapnya, sehingga menutupi pangkal pahanya. "Jika Anda memberi saya pakaian yang sesuai, saya akan dengan senang hati memakainya."

Livery? Bukankah itu ada hubungannya dengan kuda dan kandang kuda? Atau pelayan? Ya, itu adalah seragam, bukan? Bahwa orang kaya membuat pelayan mereka mengenakan dan mereka memiliki tanda yang sama pada semua barang mereka?

Bukan orang seperti dia yang bertahan hidup dengan gaji pustakawan paruh waktu atau beasiswa PhD yang tidak seberapa, jika dia bisa mendapatkannya.

"Anda pasti telah melakukan kesalahan. Kamu tidak bisa menjadi pelindungku. Saya bukan tipe orang yang membutuhkan pelindung. Saya bukan siapa-siapa!" dia bersikeras.

Tor menggelengkan kepalanya. "Nona Kelly, jika aku bukan pelindungmu, kau tak mungkin memanggilku. Oleh karena itu, ketika kau memanggilku, dan aku datang, aku menjadi pelindungmu. Anda bukan siapa-siapa. Bahkan, Anda sangat penting, sehingga melindungi Anda adalah satu-satunya tujuan saya. Itulah alasanku menjadi seorang gargoyle. Aku hidup hanya untuk melayanimu." Dia membungkuk dalam-dalam, seperti melangkah keluar dari sebuah roman kabupaten dan bukan dari tembok, seperti yang dia katakan.

Lalu, bagaimana cara kerja dinding itu? "Baik. Anda adalah pelindung saya, maka, saya kira. Apapun artinya. Tapi... bagaimana kau berjalan menembus dinding?"

"Aku adalah batu yang hidup, dan tembok-tembokmu juga terbuat dari batu. Saya hanya menyelinap melaluinya seperti ikan yang berenang di air." Dia berbalik, memamerkan bokongnya yang indah itu lagi, sebelum dia melangkah masuk ke dalam tembok dan menghilang. Sesaat kemudian, kakinya menyembul keluar, lalu sebuah kaki, lalu ... oh Tuhan... JANGAN MENATAP SELANGKANGANNYA... oh T uhan... sebelum Tor berdiri di hadapannya lagi, terlihat cukup senang dengan dirinya sendiri.

Itu pasti semacam trik. Salah satu yang melibatkan cermin atau semacamnya. Catena ingin percaya bahwa itu hanya tipuan, tapi ini adalah dapurnya. Dapur dengan dinding batu kapur kokoh yang sudah berdiri lebih dari satu abad. Dia tidak dapat menyangkal bahwa dia pernah melihat pria itu masuk ke dalam dinding batu itu, lalu keluar lagi. Tapi jika benar, maka dia bukan hanya seorang pria. Dia lebih dari itu, sesuatu yang supernatural, yang tidak mungkin ada.

Pikirannya berputar dengan sangat cepat, mencoba untuk menyatukan potongan-potongan itu. Lebih buruk lagi, dia ingin percaya. "Jadi, pada Jumat malam, saat pertama kali kamu muncul, dan kamu menarikku, kamu membawaku ke dalam dinding, sampai ke kamar tidurku?"

Tor mengerutkan kening. "Ya, aku harus minta maaf, karena ini adalah pertama kalinya aku mencoba melakukan perjalanan melalui batu dengan seseorang, dan aku tidak menyadari bahwa kau tidak akan bisa bernapas. Hanya ketika kami sampai di kamar tidur Anda, saya baru menyadari bahwa Anda pingsan. Saya tidak tahu di mana Anda menyimpan garam yang berbau, jadi saya menunggu sampai Anda terbangun, menyampaikan permintaan maaf, dan kembali ke dinding, karena saat itu sudah hampir fajar. Apakah kamu tidak ingat?"

Samar-samar, tapi dia mengira dia sedang bermimpi. Tuhan, apakah dia telah mengawasinya tidur? Lebih buruk dari vampir di Twilight. Dan vampir tidak bisa bersembunyi di dinding. Dia bisa saja mengawasinya di kamar mandi atau...tunggu, apa yang baru saja dia katakan?

"Dawn"? Apa masalahnya dengan fajar? Kamu bukan vampir, kan?" tanyanya.

"Saya tidak yakin apa itu vampir, Nona Kelly."

Catena menahan tawa. Aku suka itu. Makhluk supranatural yang tidak tahu segalanya tentang semua jenis monster lainnya. Atau mungkin itu hanya karena vampir tidak ada dan Tor... ada.

"Eh, penghisap darah, kulit pucat, takut sinar matahari, tidak bisa masuk ke rumahmu kecuali kamu mengundang mereka..." Nah, itu pasti mengesampingkan Tor.

Tor tertawa kecil, suara gemuruh yang membuat perut Catena terasa aneh. "Kedengarannya seperti penjahat dalam novel gothic. Atau begitulah menurutku, karena aku sendiri belum banyak membaca. Mungkin Anda terlalu banyak membaca, Nona Kelly, sehingga bisa membayangkan hal-hal liar seperti itu."

Seperti gargoyle yang robek dan telanjang di dapurnya. Dia ingin semua ini hanya isapan jempol belaka. Kemudian lagi, mungkin tidak. Jika dia bisa memahami hal ini di dalam kepalanya, memahami pria itu, dia bisa menatapnya selama beberapa menit sebelum pria itu menghilang, seperti semua halusinasi yang baik.

"Tapi soal fajar?" dia bertanya.

"Seperti... kipas angin Anda, saya memang memiliki kelemahan dalam hal sinar matahari. Di bawah sinar matahari, aku berubah menjadi batu, seperti patung di atap rumahmu."

Kengerian menguasai Catena. "Maksud Anda patung itu masih hidup, terperangkap di dalam batu?"

"Tidak, patung di atap Anda tidak lebih dari sebuah patung. Batu biasa. Aku bisa menyelinap ke dalamnya dengan mudah seperti halnya aku menyelinap ke dalam dinding. Jika saya duduk di atap Anda saat fajar, Anda akan menemukan patung yang sama seperti saya sekarang."

Otot. Sayap. Tanpa celana, sehingga seluruh dunia akan melihat tubuhnya yang besar...

"Selamanya?"

"Tidak, tentu saja tidak. Hanya sampai matahari terbenam, dan kemudian saya akan menjadi diri saya sendiri lagi. Saya masih bisa melihat dan mendengar semua yang ada di sekitar saya, sama seperti yang saya lakukan saat saya berada di dalam tembok, hanya saja saya tidak bisa bergerak saat saya masih berada di bawah sinar matahari. Itulah sebabnya saya menghabiskan hari-hari saya berlindung di dalam tembok."

Dia tidak yakin mengapa kata-kata itu membuatnya merasa hangat, tapi entah bagaimana itu benar. Bukankah Maria pernah mengatakan hal yang sama pada kunjungannya kemarin? Dia juga pernah membicarakan tentang gargoyle di rumah itu... apakah yang dia maksud adalah Tor, dan bukan patung di atap?

Jika Maria tahu tentang dia, maka mungkin dia benar-benar pelindung seperti yang dia katakan. Yang berarti dia lebih pantas berada di sini daripada Catena.

"Sudah berapa lama kamu di sini, Tor?" tanyanya.

Dia mengangkat bahunya sambil mengangkat bahu. "Saya tidak tahu. Saya telah berada dalam kegelapan, menunggu panggilan Anda."

Orang yang malang. Tidak, gargoyle yang malang. "Apa kenangan terakhirmu, sebelum.. . kegelapan?"

Rasa sakit yang meringis mengerutkan ekspresinya hanya sesaat, sebelum akhirnya hilang. "Saya tidak memiliki ingatan sebelum kegelapan. Lalu aku mendengar panggilanmu, dan muncul ke dalam cahaya. Cahaya yang aneh, menyala tanpa api. Sangat aneh."

Jadi Tor berasal dari masa sebelum adanya lampu listrik. Mungkin dia sudah setua rumah itu, atau bahkan lebih tua.

"Nona Kelly, bolehkah saya mengajukan pertanyaan?" tanyanya.

Sudah lama sekali sejak dia belajar tentang bola lampu dan listrik di sekolah, tapi dia pikir dia cukup ingat untuk menjelaskannya. Jika gagal, dia akan mengeluarkan ponselnya dan menunjukkan sebuah gambar. "Baiklah," katanya.

Sembilan Belas

Tor menarik napas dalam-dalam. "Nona Kelly, aku adalah pelindungmu. Satu-satunya tujuanku adalah memastikan bahwa kau tidak akan celaka. Jadi mengapa kau tidak mengizinkanku untuk membantumu melawan gerombolan itu pagi ini? Apakah Anda tidak berpikir saya mampu melakukannya?"

Catena menghembuskan napas panjang. Dia sudah siap untuk berbicara tentang magnet dan elektron, tetapi berbicara dengan seorang pria yang sedang mengalami kecemasan akan penampilannya adalah gayanya. Dia berseri-seri ke arahnya. "Tor, hanya perlu satu kali melihatmu untuk mengatakan padaku bahwa kau adalah pelindung terbaik yang bisa dimiliki siapa pun. Maksudku, pria pada Jumat malam itu hanya perlu melihatmu sebelum dia melarikan diri. Jika aku harus membayangkan pengawal terbaik di dunia, kamu adalah versi super ultra mega deluxe dengan semua fasilitas tambahan yang hanya dimiliki oleh para pemimpin dunia."

"Lalu mengapa Anda tidak mengizinkan saya untuk melindungi Anda pagi ini?"

"Saya bahkan tidak tahu Anda ada di sini, atau bahwa Anda akan melindungi saya. Kalau dipikir-pikir, matahari benar-benar terbit pagi ini. Bukankah Anda baru saja berubah menjadi batu?"

Tor bangkit berdiri. "Itu tidak akan menghentikan saya. Saya akan mengusir mereka dari bayang-bayang di ambang pintu, mengeluarkan raungan dahsyat untuk menakut-nakuti mereka, sebelum muncul di tengah-tengah mereka. Pada saat saya berubah menjadi batu, mereka semua akan melarikan diri dengan ketakutan."

Meninggalkan patung gargoyle telanjang di ambang pintu untuk difoto oleh semua orang, akan mendatangkan lebih banyak orang lagi esok hari.

Horor, baiklah. Tapi dia tinggal di sini - dia tidak bisa melarikan diri darinya.

Dia menelan ludah. "Anda tidak bisa keluar dari pintu depan. Tidak ketika ada orang di luar sana. Mereka akan melihat Anda, dan kemudian mereka akan merekam Anda dan kemudian mereka tidak akan pernah meninggalkan kita sendirian."

"Tentu saja. Bukankah saya menakutkan?"

"Ya, tapi..."

"Bukankah saya seorang pelindung yang mumpuni?"

Dia juga tidak bisa menyangkal hal itu.

"Tentu saja, Tor, tapi mereka tidak datang ke sini untuk menyerangku. Mereka di sini untuk melihatmu, dan semakin mereka melihatmu, semakin mereka akan datang ke sini."

"Ini adalah kegilaan. Orang macam apa yang suka ketakutan, sangat menyukainya sehingga mereka kembali lagi?"

Jutaan penggemar film horor, belum lagi para pembaca novel gothic. Bahkan dia telah membaca beberapa buku Stephen King, hingga malam-malam tanpa tidur dan mimpi buruk menghantuinya dan dia harus berhenti. Faktanya, satu-satunya film horor yang berhasil ditontonnya untuk kedua kalinya adalah The Mummy, karena alasan yang jelas.

"Banyak orang. Mungkin orang gila, ya, tapi ... mereka menganggapnya menghibur. Dengar, jika Anda tetap di sini, saya akan menonton The Mummy dengan Anda, dan Anda bisa melihat apa yang saya maksud. Tapi sekarang... ada sebuah kafe yang penuh dengan orang-orang di pinggir jalan, yang ingin sekali melihat Anda, atau berfoto dengan Anda di ponsel mereka. Dan jika mereka mendapatkan satu foto yang buram, besok akan ada dua atau tiga atau bahkan sepuluh kali lebih banyak orang. Jadi, Anda harus tetap berada di dalam, di mana mereka tidak bisa melihat Anda."

Tor berkedip. Mungkin itu terlalu berat untuk diterima oleh gargoyle yang baru saja terjaga selama tiga hari, setelah tidur entah berapa lama. "Nona Kelly, aku merasa ini sangat sulit dipercaya, meskipun aku tidak percaya kau akan berbohong padaku. Saya harus mengamati orang-orang gila ini untuk diri saya sendiri, karena jika mereka membahayakan Anda, saya tidak bisa membiarkan mereka tetap tinggal. Bahkan jika mereka membuat foto-foto saya."

Catena membenamkan wajahnya di kedua tangannya. "Tor, kamu tidak boleh... dengar, aku akan membawamu ke atap. Semoga mereka tidak melihat kita di atas sana, dan aku bisa menunjukkan apa yang kumaksud. Ayo." Kali ini, dia mengulurkan tangannya, dan Tor menerimanya. Genggamannya hangat dan lembut, seolah-olah dia takut akan mematahkan jari-jarinya jika dia menggenggamnya terlalu erat. Dia mungkin juga bisa.

Dia menuntunnya ke lantai atas, lalu naik melalui pintu Prancis ke atap.

Saat angin menerpanya, langsung dari laut dan kemungkinan besar baru dari Kutub Selatan, dia berharap dia berpikir untuk membawa mantel. Oh well, mereka hanya akan berada di sini sebentar.

Kemudian Tor muncul, dan sayapnya yang terbentang menghalangi angin.

Catena ingin berbalik dan memeluknya, tapi ia berhasil menahan keinginan itu, dan membawanya ke tepi atap. Menunduk di belakang patung gargoyle, dia bisa merasakan panasnya Tor yang berjongkok di belakangnya.

"Lihat, ada kafe di seberang jalan dari kita," katanya sambil menunjuk ke arah Shut Up Café. Dia tidak pernah mendengar nama itu sebelumnya. Ternyata, para pengunjung yang berisik di luar juga tidak. "Semua orang di luar sana memperhatikan pintu masuk ke tempat kami, tempat Anda pertama kali muncul pada Jumat malam. Mereka melihat dan menunggu, berharap bisa mengambil gambar."

"Mereka tidak terlihat seperti orang gila, tetapi apa yang mereka lakukan, berkerumun di luar, padahal di dalam masih ada meja dan kursi? Mungkin mereka memang gila."

"Ada pemandangan yang lebih baik di luar. Dengan semua cahaya terang di dalam, Anda tidak bisa melihat apa yang terjadi dalam bayangan di seberang jalan, dan itulah yang benar-benar ingin mereka lihat. Selain itu, Anda tidak bisa mendapatkan gambar yang bagus melalui kaca." Ia bertanya-tanya, apakah ia juga harus menjelaskan tentang fotografi kepada Tor.

"Oh, begitu." Dia mengintip ke arah mereka, seakan-akan mencari sesuatu yang tidak dapat ditemukannya. "Apa yang tidak saya lihat adalah siapa pun yang akan membuat gambar. Tidak ada sketsa atau pensil di antara mereka. Saya tidak bisa membayangkan bagaimana sebuah gambar bisa menjadi sesuatu yang buruk. Dibutuhkan keterampilan dan latihan yang cukup untuk menjadi seniman yang baik, jadi saya tidak membayangkan satu dari seribu orang dapat membuat gambar yang lumayan yang mirip dengan saya. Atau mengapa saya harus peduli jika mereka melakukannya."

Catena bisa merasakan sakit kepala yang mulai muncul. Bagaimana dia bisa menjelaskan apa itu video viral kepada seorang pria yang tidak memahami keberadaan kamera ponsel? Dia harus mencobanya. Karena antara ukuran tubuh Tor dan kemampuannya untuk berjalan menembus tembok, dia tidak punya harapan untuk menghentikannya jika dia ingin pergi ke luar dan berhadapan dengan para pengunjung kafe.

Dia menarik napas dalam-dalam. "Oke, kamu lihat benda-benda di tangan mereka? Benda-benda persegi panjang itu?" Ia menunggu Tor mengangguk, lalu mengeluarkan ponselnya sendiri dari sakunya. "Ini milikku. Ini adalah alat komunikasi yang memungkinkanku untuk mengambil gambar dan membaginya dengan semua orang di dunia. Melalui sesuatu yang disebut internet... semacam jaringan tak terlihat yang menjangkau seluruh dunia."

Yang mengejutkannya, dia mendapati Tor mengangguk. "Kami menyebutnya aether."

Kedengarannya seperti ada hubungannya dengan alkimia, atau teori sains aneh yang telah dibantah berabad-abad yang lalu. "Uh, ya, kira-kira seperti itu. Pokoknya, ia bisa langsung memotret apa pun yang dilihatnya, dan membagikannya."

"Sebuah mesin tidak memiliki mata. Mesin tidak dapat melihat apa pun."

Tidak, dia tidak akan mencoba menjelaskan tentang robotika kepadanya. "Maukah Anda mempercayai saya sejenak, oke? Ini adalah lensa, bukan mata, tetapi prinsipnya sama. Ini, lihat ini, dan tersenyumlah." Dia menunjuk ke arah lensa pada ponselnya, menunggunya menatapnya, lalu memotretnya. Jelas bukan vampir. Dia membalikkan ponselnya untuk menunjukkan padanya. "Lihat?"

Dia mengintipnya. "Itu mirip saya, tapi... baga imana..."

Menjelaskan tentang kamera ponsel jauh di luar kemampuannya. Ditambah lagi, dia sedang lapar, sial.

Catena melingkarkan lengannya di pundak Tor, bersandar ke belakang, dan mengangkat ponselnya. Dia mengacungkan ibu jari ke layar untuk menggunakan kamera depan, bukan kamera belakang. "Tersenyumlah untuk selfie pertamamu!"

"Hei, itu aku!"

Dia memotret senyum keherananannya, dan harus mengakui bahwa dia juga tidak terlihat terlalu buruk dalam foto itu. Sayang sekali dia tidak akan pernah bisa menunjukkannya kepada siapa pun, karena tidak ada yang akan percaya bahwa gargoyle itu ada.

Namun, ia masih menyimpannya, sehingga ia bisa mengeluarkannya dan melihatnya untuk mengingatkan dirinya sendiri bahwa ia tidak bermimpi seperti itu.

Tunggu, apa yang menusuknya dari belakang? Semuanya keras dan menusuk dan... oh Tuhan, apakah itu miliknya...?

"Maafkan saya, Nona Kelly, sepertinya saya telah terjerat di... di pakaian Anda..."

Dia bergeser, dan kemudian dia memanaskan saku sweternya sebagai gantinya.

"Kita perlu membelikanmu celana," ia menggigit bibirnya, menutup matanya agar tidak melihat apapun saat pria itu mencabut pelengkap pakaiannya yang bandel.

Tentu saja, ia tidak bisa menahan diri untuk tidak mengintip sedikit. Jika ada, dia benar-benar menjadi lebih besar dan lebih keras. Apakah pelukan kecil mereka telah membuat gargoyle itu mengeras? Sepertinya iya. Huh.

Ketika dia berhasil mengurai mereka dan mundur cukup jauh agar dia bisa melewatinya, dia memimpin jalan kembali ke dalam, ke binatu, di mana Maria menyimpan semua pakaian galiannya.

"Ibu baptis saya dulu menyimpan koleksi celana kargo pria di sini, untuk dipakai ketika dia pergi ke situs arkeologi. Anda seharusnya bisa menemukan sesuatu yang pas untuk Anda di salah satu laci ini." Dia melambaikan tangan pada mereka. "Jika kalian sudah rapi, kalian bisa menemuiku di dapur, di mana aku akan membuat makan malam."

Dia pergi, bertekad untuk tidak memikirkan penis monster itu dan bagaimana rasanya di tempat yang lebih pribadi dari sakunya. Jelas tidak berpikir untuk tidur dengan gargoyle itu, menungganginya dengan keras selama setengah malam. Tidak. Tidak sama sekali.

Apakah itu akan muat?
Tidak. Tidak memikirkannya sama sekali...

Dua Puluh

Tor terkejut saat mengetahui bahwa ia memang memiliki beberapa celana yang cocok untuknya. Celana itu terbuat dari bahan katun tebal berwarna krem dan diikatkan di pinggang dengan tali yang panjang, yang tersembunyi di bagian dalam. Jauh lebih halus daripada fustian gatal yang terpaksa ia kenakan sebelumnya. Ini lebih cocok untuknya daripada pakaian apa pun. Dia harus berterima kasih pada Nona Kelly.

Hampir tanpa berpikir panjang, ia menyelinap melalui dinding untuk tiba di dapur, di mana ia menemukan sang ibu sedang mengaduk sesuatu di dalam panci di atas kompor. Api biru memang muncul di bawah wajan, memecahkan misteri makanannya.

"Oh, bagus, kamu menemukannya," katanya.

Tor melirik ke bawah. Tampaknya celananya juga bisa menembus dinding, atau setidaknya saat dia mengenakannya. Bagus. Karena jika satu sentuhan dari Nona Kelly bisa membangkitkannya dengan begitu kuat... dia adalah pelindungnya, bukan kekasihnya, bahkan jika seseorang seperti Nona Kelly akan mempertimbangkan untuk menjadi kekasihnya. Dia tidak akan pernah memilih seseorang serendah dia. Sebaiknya dia ingat itu.

"Saya membuat cukup untuk dua orang, kalau-kalau Anda mau. Saya biasanya membuat ekstra, jadi saya bisa punya sisa untuk nanti," kata Nona Kelly sambil terus mengaduk. Aroma daging asap yang menggugah selera menyeruak ke hidungnya.

Sial, dia tidak makan daging asap dalam...tidak, dia juga tidak bisa mengingatnya.

"Saya tidak membutuhkan makanan, karena saya terbuat dari batu," katanya dengan sedih. Namun, dia membuat pengecualian untuk daging itu.

"Anda tidak perlu makan? Tidak pernah? Saya tidak bisa membayangkan bagaimana rasanya. Tidak pernah merasakan daging asap..."

Tor menelan ludah. "Aku ingat seperti apa rasanya daging asap, jadi aku pasti pernah memakannya. Bukan berarti aku ingat kapan."

Dia menatapnya. "Jadi, kau tidak selalu menjadi gargoyle, ya?"

Dia mengangkat bahu. "Saya tidak bisa mengingat apa pun dari masa lalu saya."

Nona Kelly memiliki tangan yang cekatan dengan pisau, saat ia bergantian mengiris jamur dan mengaduk daging.

"Anda terdengar seperti orang Skotlandia. Apakah itu tempat asalmu? Apakah Anda ingat sesuatu dari sana?" desaknya.

Tor memutar otak, tetapi tidak menemukan apa pun. "Dari mana pun saya berasal, inilah rumah saya sekarang." Kata-kata ini berdering dengan kebenaran. Ingatannya tersentak, hanya sekelumit kerinduan, sebelum akhirnya hilang, terlalu cepat untuk dipahami. "Saya tidak ingat tempat lain."

"Apakah itu hal yang berhubungan dengan gargoyle? Apakah ada hal lain tentang gargoyle yang harus saya ketahui, seperti masalah Anda dengan sinar matahari?"

Tor merenung. "Aku tidak tahu. Aku belum pernah bertemu dengan gargoyle lain. Aku hanya tahu bahwa aku terikat untuk melayani dan melindungi, dan aku akan melakukannya."

Nona Kelly mengikis jamur ke dalam wajan. "Sepertinya itu tidak adil. Anda melakukan semua kerja keras, melayani dan melindungi, dan tidur dalam kegelapan untuk waktu yang entah berapa lama, menunggu untuk dipanggil, dan apa yang Anda dapatkan dari itu? Kedengarannya seperti perbudakan bagi saya, dan itu sudah lama dihapuskan."

Apa yang bisa dia katakan? "Ini adalah tujuan saya."

"Melindungi saya terdengar seperti tujuan hidup yang sangat buruk. Apakah tidak ada hal lain yang ingin Anda lakukan?"

Ada sesuatu yang menari-nari di ujung lidahnya, menggelitik di ujung jarinya, di luar jangkauannya, tapi apa pun itu, Tor tidak bisa menangkapnya. "Mungkin dulu pernah ada, tapi sekarang tidak lagi. Saya adalah saya, dan tidak lebih." Dia terbatuk-batuk. "Jika kau memaafkan kelancanganku, aku ingin mengajukan pertanyaan lain."

"Tanya saja, Tor. Aku sudah memaafkanmu karena tidak sengaja memasukkan penismu ke dalam sakuku, jadi anggap saja aku tidak masalah dengan sedikit kekurangajaran, selama kamu memakai celana, oke?"

Tor hampir tersedak. "Nona Kelly, apakah semua cendekiawan wanita di masa ini sama blak-blakannya dengan Anda, atau hanya lidah Anda saja yang luar biasa asin?"

Nona Kelly tertawa. "Saya tidak tahu dari mana asal Anda sebenarnya, tapi saya mulai berpikir bahwa itu jauh berbeda dengan yang satu ini. Tidak ada yang pernah memanggil saya sarjana wanita sebelumnya, meskipun saya akui saya agak menyukainya. Dan saya mungkin tidak lebih asin dari kebanyakan wanita yang saya kenal. Oh, dan lupakan panggilan Nona Kelly. Nama saya Catena, atau kadang-kadang Cat. Ini adalah Australia. Kami tidak menggunakan gelar kehormatan kecuali jika kami sangat membenci seseorang, atau mungkin jika mereka adalah perdana menteri. Kalau dipikir-pikir... ya, tentu saja perdana menteri, untuk saat ini. Kami memiliki orang yang benar-benar brengsek di kantor saat ini."

"Anda... tidak seperti yang saya harapkan."

Dia mendengus. "Kamu memang tidak seperti yang saya harapkan. Jika ada yang mengatakan kepada saya bahwa saya akan bercakap-cakap dengan gargoyle di dapur saya, saya tidak akan mempercayainya. Namun, di sinilah kita."

Dia menyibukkan diri di dapur, memasukkan berbagai hal ke dalam panci, lalu menuangkannya lagi, sampai dia mengisi mangkuk dengan benda-benda panjang dan berserabut sebelum menyendokkan saus jamur dan bacon di atasnya.

"Saya merasa tidak enak makan di depan Anda, padahal Anda tidak bisa makan. Apakah ada yang bisa saya ambilkan untuk Anda?" katanya.

Kedengarannya konyol, tapi sesuatu membuatnya tetap mengatakannya. "Bolehkah saya.. . duduk di dekat Anda, agar saya bisa mencium baunya? Bahkan jika saya tidak bisa memakannya, saya bisa menikmati aromanya, karena aromanya cukup lezat."

Dia menyeringai. "Aku bisa melakukan yang lebih baik untukmu. Aku akan menaruh semua sisa makanan di dalam kotak, lalu menaruhnya di depanmu, jadi kamu bisa mengendus sepuasnya saat makanan itu dingin."

Dia mungkin memiliki lidah yang asin, tetapi dia sangat bijaksana.

"Terima kasih, Nona... Catena."

"Dan setelah selesai, kita akan menonton The Mummy."

"Bukankah mereka berasal dari Mesir?" dia memberanikan diri.

Senyumnya melebar. "Memang benar. Film ini berlatar di sana. Ini tentang seorang sarjana dan pustakawan wanita, dan sebuah penggalian arkeologi di Mesir di mana mereka menggali sesuatu yang seharusnya tidak mereka lakukan..."

"Kedengarannya seperti sebuah novel gothic."

"Benarkah? Untuk semua yang Anda katakan bahwa Anda tidak membacanya, Anda pasti tahu banyak tentang mereka. Mungkin Anda telah membaca lebih banyak dari yang Anda mau akui."

Meski berusaha sekuat tenaga, Tor tidak dapat mengingat banyak hal yang dibacanya, namun ia mengikuti Catena ke kamar sebelah untuk melihat apa pun yang ingin ditontonnya.

Dua Puluh Satu

Gambar bergerak dengan suara, yang muncul pada layar hitam di dinding, adalah hal yang sama sekali baru bagi Tor. Dia mungkin tidak ingat banyak tentang masa lalunya, tapi yang pasti tidak termasuk film. Tidak seperti Catena, yang sudah sering menonton film ini, dia hafal banyak dialognya.

Bahkan, dia tertidur sebelum dia mengetahui bagaimana cerita itu berakhir, meringkuk di sisinya di sofa sementara dia memperhatikan setiap saat.

Sekarang, dia merasa sedih. Sebagai pelindungnya, tentu saja ia harus memastikan bahwa ia merasa hangat dan nyaman saat ia tidur, bukannya berdesakan di sofa, padahal ia memiliki tempat tidur yang besar dan bagus di ruangan lain. Namun dia tidak ingin membangunkannya, dan meskipun dia lebih dari mampu untuk menggendongnya ke kamar tidurnya, sekarang dia tahu reaksi tubuhnya saat menyentuhnya, dia tidak yakin apakah dia harus melakukannya.

Yah, dia tidak akan memperkosanya saat dia tidur, dia beralasan, tidak peduli seberapa banyak bagian tertentu dari tubuhnya yang menikmati ide itu. Kepalanya berkuasa di sini, dan dia akan melindunginya dari segala ancaman, termasuk bagian jahat dari dirinya sendiri. Ia tidak dapat mengingat kapan terakhir kali seorang wanita membuatnya merasa seperti ini - lagipula, ia tidak dapat mengingat banyak hal - tetapi ia menduga ada sesuatu yang istimewa dari Catena yang membuatnya benar-benar unik. Kenapa lagi dia ditugaskan untuk melindunginya?

Dengan hati-hati, dia mengangkatnya dari sofa, menggeser berat badannya hingga kepalanya bersandar di dadanya. Rambutnya berbau seperti buah eksotis, manis dan sensual pada saat yang bersamaan. Dia menarik napas dalam-dalam, menikmatinya seperti halnya dia menikmati aroma daging asap di dapurnya.

"Saya... seorang pustakawan," gumamnya, sambil menggosokkan wajahnya ke dadanya.

Tor tersenyum. Kalimat lain dari film yang dia hafal. Dia adalah seorang wanita aneh di dunia yang lebih aneh lagi.

Dengan membawa barang bawaannya yang berharga, dia ingat untuk tidak menyelinap melalui dinding, dan berjalan dengan susah payah melalui pintu dan lorong untuk mencapai kamarnya, di mana dia membaringkannya di tempat tidur. Dia sudah berniat untuk berganti pakaian tidur, jadi dia tahu dia tidak akan keberatan jika dia menyingkap selimutnya, dan menariknya ke atas tubuhnya.

Kemudian dia bingung apa yang harus dilakukan. Dia bisa mengawasinya saat dia tidur, pikirnya, tetapi kafe di seberang jalan sudah tutup, dan sebagian besar orang di luar telah bubar. Semua pintu Catena terkunci, jadi tidak ada ancaman baginya, baik di dalam maupun di luar, yang bisa diawasinya.

Melihatnya tidur membuat mulutnya terasa kering, atau lebih kering dari biasanya, karena dia terbuat dari batu. Dia mengedarkan pandangannya ke sekeliling kamarnya, mencari sesuatu, apa pun, yang mungkin menjadi ancaman baginya yang bisa dia hadapi.

Tunggu, apakah itu retakan di dinding, di dekat langit-langit?

Memang benar. Sebuah retakan kecil pada plesteran, tetapi ketika ia menggali lebih dalam, ia menemukan bahwa retakan tersebut berasal dari dinding batu kapur itu sendiri. Oh, itu tidak akan pernah bisa dilakukan. Rumahnya tidak bisa dibiarkan runtuh di sekelilingnya saat dia tidur.

Dia telah melihat beberapa bahan bangunan di lantai bawah, di mana seseorang sedang membangun kembali jalan pada siang hari, jadi dia meminjam sedikit batu kapur dan banyak hal lainnya, dan mulai bekerja.

Suatu waktu di malam hari, saat dia bekerja mengisi celah-celah di batu kapur yang runtuh, mengutuk kualitas barang yang buruk, dia mendapati kilasan ingatan, suaranya sendiri mengutuk batu itu, saat sinar matahari yang terang menerpa dirinya dan dinding putih yang tinggi.

"Jika Anda tidak membangun penopang, satu hembusan angin yang bagus akan membuat dinding-dinding itu runtuh," dia mendengar dirinya sendiri berkata.

"Jika kita membangun benteng, para tahanan akan memanjatnya dan melarikan diri. Anda melakukan apa yang diperintahkan. Para insinyur tahu apa yang mereka lakukan."

"Mereka tidak akan melakukannya jika mereka tidak membangun penopang."

"Lakukan apa yang diperintahkan, insaflah, atau Anda akan menjadi orang yang tidak berguna."

"Ini akan menjadi manakala semua orang akan menjadi beraneka ragam, karena ketika tembok-tembok yang tidak ditopang ini runtuh, semua orang akan melarikan diri."

Rasa sakit mengubah ingatannya menjadi putih membutakan, dan Tor mendapati dirinya berkedip pada dinding Catena lagi, meskipun dia masih merasakan sengatan tajam cambukan di punggungnya dan beratnya belenggu di pergelangan kakinya.

Dari semua kenangan masa lalunya, ini adalah salah satu yang dengan senang hati ia lupakan. Kembali bekerja, kemudian, karena bekerja dengan batu selalu membuatnya melupakan apa pun kecuali tembok di depannya.

Dia mungkin tidak ingat banyak, tapi dia tahu bagaimana membangun dan memelihara tembok yang akan bertahan selama berabad-abad. Mungkin itu adalah hal yang berhubungan dengan gargoyle, atau mungkin itu adalah sesuatu yang dia ingat dari masa lalu, tapi tidak masalah.

Pada saat matahari terbit, dia telah menambal setiap dinding di kamar tidur Catena dengan hati-hati, dan juga di dapur. Besok malam, ia akan melakukan lebih banyak lagi, sampai rumah Catena aman seperti kastil wanita mana pun. Sarjana wanita berlidah garamnya layak mendapatkan yang terbaik.

Dua Puluh Dua

Catena terbangun saat matahari terbit, dan mendapati dirinya sudah terlelap di tempat tidurnya dan Tor tidak terlihat. TV masih menyala di ruang santai - dia jelas sudah tertidur sebelum filmnya selesai, dan Tor tidak tahu bagaimana cara mematikannya. Ada hal lain yang harus ia jelaskan pada teman sekamar gargoyle barunya.

Siapa yang membutuhkan lebih dari sepasang celana kargo lama Maria untuk dipakai.

Catena tidak tahu apa-apa tentang pakaian atau ukuran pria, tapi dia mengenal seseorang yang tahu: Tayla, pemilik toko pakaian pria di lantai bawah. Jika Catena menutupi sayap Tor dengan mantel besar, mungkin dia bisa membawanya turun untuk mencoba berbagai hal. Oh, tapi dia tidak bisa keluar di siang hari, jadi harus malam hari.

"Selamat pagi!" Catena memanggil ketika ia melihat Tayla membuka kunci pintunya.

"Pagi. Terlalu dingin untuk menjadi baik. Tidak sabar menunggu sampai musim panas tiba," kata Tayla. "Saya akan memesan stok musim panas hari ini, dan koleksi musim semi baru saja tiba."

"Tapi ini baru bulan Juni!"

"Begitulah cara kerja industri fesyen. Selalu beberapa bulan lebih cepat dari yang orang lain pikirkan," kata Tayla.

"Oh, berbicara tentang waktu yang aneh... seorang kolega saya baru saja terbang, dan tidak ada kopernya yang sampai, jadi dia tidak punya apa-apa untuk dipakai, dan dia akan bekerja di universitas besok. Apakah ada kemungkinan Anda bisa tetap buka sedikit lebih lama malam ini, jadi saya bisa membawanya masuk untuk membeli beberapa barang untuk menemaninya? Dia sudah tidur sekarang - dia bilang dia tidak bisa tidur di pesawat dan zona waktu yang berbeda sangat mengganggu - tapi ketika dia bangun nanti..." Catena melamun dengan penuh harap.

Tayla menggelengkan kepalanya. "Maaf, sayang, anak saya ada janji dengan dokter gigi sore ini, jadi saya harus pulang lebih awal. Begini saja. Kamu tahu di mana kunci cadangannya. Ajak dia masuk saat dia bangun dan cobalah semuanya. Tinggalkan labelnya di mesin kasir, dan aku akan menagihnya besok pagi. Oh, dan obral barang dimulai besok, di mana saya akan mendiskon semua stok musim dingin yang tersisa menjadi setengah harga. Rak penjualan ada di belakang. Periksa dulu - dia pasti menginginkan pakaian musim dingin jika itu untuk minggu ini."

Catena mengucapkan terima kasih yang sebesar-besarnya. Dia memeriksa jalan setapak di luar, yang secara ajaib bebas dari wartawan, dan pergi bekerja untuk hari itu.

Dua Puluh Tiga

Sebuah suara yang menggelitik menemukannya di dalam dinding rumah Catena, sementara sinar matahari musim dingin yang redup membuatnya terkurung.

"Saya bisa membantumu melarikan diri," kata suara itu. "Temui aku di sini setelah gelap. Kamu bisa membantuku, dan aku bisa membantumu."

Tor tidak mempercayai suara itu, tidak sedikit pun, dan dia ingin mengabaikannya.

Ingin melupakan wajah sang tukang daging yang kemerahan, goloknya masih meneteskan darah dari domba yang baru saja disembelihnya, sambil menganggguk-angguk dengan penuh kesadaran ke arah rantai Tor.

"Aku tahu kau ingin melarikan diri. Datanglah ke sini setelah gelap, dan aku akan membantumu."

Kemudian semuanya menjadi gelap, kecuali lurik-lurik batu. Tenang dan akrab, dingin dan keras, tetapi di dalam hatinya ia berteriak pada dirinya sendiri untuk tidak mempercayai si penjagal.

Namun entah bagaimana, dia telah membungkam teriakan itu, atau teriakan itu telah tenggelam oleh denting rantai dan rasa sakit dari punggungnya yang dicambuk, dan dia telah tergoda oleh bisikan gatal itu.

Suara yang sama yang mendesaknya untuk melindunginya.

Tentu saja dia akan melindungi Catena. Bagaimana mungkin dia tidak? Namun ketika suara gatal itu memerintahkannya untuk melakukannya, dia ingin sekali memberontak. Untuk melawan.

Tapi bagaimana mungkin dia bisa menolaknya?

Dua Puluh Empat

"Bisakah kita menonton lebih banyak gambar bergerak itu?" Tor bertanya bahkan sebelum Catena meletakkan kuncinya.

Dia harus tertawa. Dia baru mengenal TV selama satu hari, dan sudah kecanduan. "Tentu. Sebenarnya, ada tirai penghalang di ruang tunggu. Jika Anda menurunkannya di siang hari, itu akan mencegah sinar matahari masuk ke dalam ruangan sehingga Anda bisa tetap berada di sana dan menonton apa pun yang Anda inginkan selama saya bekerja. Saya akan tunjukkan cara menggunakan semuanya malam ini, sebelum saya tidur. Tapi pertama-tama saya harus makan malam, dan Anda membutuhkan lebih dari satu celana, jadi ikutlah dengan saya. Temanku memiliki toko pakaian pria di lantai bawah, dan aku berharap dia mungkin memiliki sesuatu yang cocok untukmu. Celana, kemeja... bahkan pakaian dalam. Oh, dan mantel musim dingin. Kamu membuatku kedinginan hanya dengan melihatmu, berkeliaran tanpa baju."

Sebenarnya, perasaan menggigil yang dia rasakan setiap kali dia menatap dadanya tidak ada hubungannya dengan kedinginan, tapi dia hampir tidak akan mengatakan yang sebenarnya. Dia adalah pelindungnya, seperti yang dia katakan berkali-kali tadi malam, yang membuatnya menjadi karyawannya atau bawahannya atau semacamnya, dan dia tahu betapa salahnya menganiaya orang yang bekerja untukmu. Bahkan jika dia tidak membayarnya, atau memintanya untuk melindunginya, atau bagaimanapun caranya.

Jadi dia membutuhkan kemeja, dan lebih banyak celana serta pakaian dalam.

Saat itu gelap di foyer, dan gelap di toko Tayla. Rak-rak penjualan musim dingin berada tepat di belakang, seperti yang dijanjikan, di samping ruang ganti, dan tidak terlihat dari jalan. Jadi, meskipun para pengunjung kafe mencari Manusia Ngengat malam ini, mereka tidak akan melihat Tor saat dia mencoba pakaian.

Dia pikir kemeja adalah yang paling mudah, jadi dia memulainya dengan kemeja. Tentu saja, dia tidak mempertimbangkan sayap Tor, yang merenggut kain kemeja yang paling besar sekalipun dan menjulurkan bagian bawahnya.

Dia menghela napas, pasrah menatap otot dada dan perutnya untuk beberapa waktu ke depan.

Selanjutnya, dia pergi ke rak celana, memegang setiap celana yang ada di hadapannya hingga dia menemukan beberapa yang sesuai dengan ukurannya, atau sekitar itu. Kemudian dia mendorongnya ke ruang ganti dengan semua celana yang sesuai dengan ukurannya, dan menahan napas.

Dia tidak perlu menunggu lama.

"Nona... Catena?"

"Mmm?"

"Sepertinya saya punya masalah. Celana ini hanya memiliki satu kancing di saku dan saya tidak bisa mengencangkannya dengan benar. Maukah Anda berbaik hati membantu saya?"

"Tentu," katanya sambil menunduk di balik tirai.

Dia telah memilih celana jins skinny, yang memeluk pantatnya dengan sempurna, jadi ukurannya pasti pas, tapi ritsletingnya ternyata membuatnya bingung. Catena berlutut untuk membantu, hanya untuk mendapati dirinya dengan wajah penuh...

"Kami lupa pakaian dalam!"

Dia tidak pernah keluar dari ruang ganti secepat itu sebelumnya.

Sekarang dia tahu ukurannya, mudah untuk mengambil beberapa pasang celana boxer dari rak, dan melemparkan sepasang ke ruang ganti untuk dikenakannya.

Kedua kalinya, dia berhasil mengalihkan pandangannya dari tonjolan yang menonjol namun tertutupi dengan baik saat dia dengan hati-hati meritsletingkan celananya untuknya.

Kemudian dia bangkit berdiri, melangkah mundur dan...wow. Bertelanjang dada dengan celana jins skinny cocok untuknya seperti dia dilahirkan untuk itu. Bahu yang lebar dan semua otot-otot itu, meruncing ke perutnya, dan bentuk pinggulnya yang terpahat sempurna di mana jins itu menggantung. Denim membelai pahanya yang berotot, sampai ke kakinya yang besar dan telanjang. Seakan-akan dia baru saja beranjak dari tempat tidur dan memakainya...

Mulutnya kering seperti batu. Apa semua gargoyle seseksi ini, atau hanya Tor yang ... spesial? Semua jenis yang istimewa... Dia ingin melompat ke pangkuannya dan menggosok-gosokkan dirinya ke tonjolan itu sampai...

"Nona Kelly, apakah Anda baik-baik saja? Anda terlihat memerah."

Oke, rasanya lebih seperti pipinya terbakar, tetapi jika dia adalah gambar di kalender, dia pasti akan menjilatnya.

"Mungkin bisa mencoba beberapa celana yang lain?" sarannya. "Saya akan... melihat apakah ada yang lain yang mungkin cocok untuk Anda."

Dia menunggu cukup lama untuk memastikan bahwa dia tahu cara membuka ritsleting jinsnya sendiri sebelum dia bergegas kembali ke rak kemeja yang telah dibuangnya tadi.

Di situlah dia menemukannya. Mantel musim dingin yang hangat dan gelap, cukup panjang untuk menyembunyikan sayapnya dan dengan ruang yang cukup di sekitar bahu agar bisa dipakai dengan nyaman, bahkan dengan sayapnya. Dengan mengenakannya, dia bahkan mungkin bisa berjalan menyusuri jalan melewati Shut Up Café tanpa ada yang mengenalinya sebagai Manusia Ngengat.

Ketika dia keluar dari ruang ganti untuk menunjukkan kepadanya apa yang pasti merupakan celana paling mengerikan yang pernah dikenal manusia - celana itu terlihat seperti setengah dari tuksedo putih yang digulung dengan kertas koran - dia tanpa berkata-kata menyerahkan mantel itu.

"Apakah pria benar-benar memakai celana seperti ini?" tanyanya sambil menatap benda-benda itu.

"Baiklah, karena ada banyak sekali di rak penjualan, saya akan memilih tidak untuk yang satu itu. Mungkin coba yang lain yang Anda sukai?"

Dia mengangguk dan kembali ke balik tirai.

Beberapa saat kemudian, dia muncul. Dia memilih celana setelan wol yang serasi dengan mantelnya... dan membuat celana jinsnya terlihat seperti sebuah kesalahan. Celana ini terlihat seperti dibuat khusus untuknya, dirancang dengan sempurna untuk menonjolkan garis-garis tubuhnya, dan dengan mantel yang dilemparkan ke atas, menggantung terbuka untuk memperlihatkan sedikit otot perutnya, ia bisa saja seorang bos mafia, yang akan memerintahkannya untuk melakukan sesuatu yang keterlaluan. Hanya dengan sekali melihatnya seperti ini, dan dia tahu bahwa dia juga akan melakukannya.

Kemudian dia mengangkat kepalanya dan matanya bertemu dengan matanya. Ada sesuatu yang rapuh di dalamnya, yang tidak seharusnya dimiliki oleh pria yang tampak kuat. "Saya merasa telanjang tanpa kemeja dan rompi," akunya. "Bahkan jika ini adalah mantel terbaik yang pernah saya kenakan, sepertinya tidak cukup."

Bersama-sama, mereka memilih beberapa kemeja, yang paling besar yang dimiliki Tayla. Jika hal terburuk terjadi, mereka selalu bisa membuat lubang di bagian belakang untuk sayapnya, selama dia mengenakan mantel di atasnya.

Tayla tidak memiliki banyak stok sepatu, tetapi sepatu yang ia miliki telah disetujui oleh Tor, dan ukurannya pas, sehingga Catena tidak bisa mengeluh.

Dan ketika ia melihat Tor dengan mantelnya, dengan celana, kemeja dan sepatu yang serasi, nafasnya tersengal-sengal. Dirinya yang telanjang sudah menghantui mimpinya, tapi ini... i ni... dia adalah bos miliarder yang pernah ia idam-idamkan dalam buku. Hanya lebih baik.

"Apakah saya lolos pemeriksaan?" Tor bertanya.

Catena menyeringai. Mungkin ia akan kehilangan upahnya selama seminggu, dan ia harus hidup tanpa anggur selama sebulan, tapi melihat betapa seksinya pria itu membuat semua itu sepadan. "Dengan warna-warna cerah," katanya lirih.

Dia menuntun jalan ke lantai atas menuju apartemennya. Jika ia menoleh ke belakang beberapa kali untuk meyakinkan dirinya sendiri bahwa Tor benar-benar terlihat sebagus yang ia kira dan ia akan pulang bersamanya, ya, itu sudah bisa diduga. Pria itu sedang bercinta dengan tongkat, telanjang atau berpakaian.

Di antara sayap, jeans dan setelan jas, Tor bisa dibilang hampir seperti pahlawan roman yang pernah dibacanya. Semua dalam satu paket yang luar biasa. Namun, ketika dia menatapnya seperti saat dia berada di ruang ganti, dia merasakan ada yang jauh lebih banyak pada dirinya daripada karakter apa pun. Kedalaman yang tersembunyi yang bahkan dia sendiri ragu untuk mengetahuinya, apalagi dengan kurangnya ingatan tentang masa lalunya.

Dia bisa membantunya, karena itulah panggilannya. Jantung seorang arkeolog yang sesungguhnya - menggali rahasia masa lalu dan mengungkapnya di masa kini.

Satu-satunya pertanyaan adalah: manakah yang lebih ingin ia bongkar, pria seksi atau rahasianya? Dia tidak yakin, tapi dia menduga mungkin keduanya.

Hal itu bukan pertanda baik untuk mimpinya malam ini.

Dua Puluh Lima

"Oh, aku kelaparan. Aku tahu kamu tidak makan, tapi apakah kamu ingin aku menghangatkan semangkuk pasta untukmu, jadi kamu bisa duduk dan mengendusnya sementara aku makan malam?" Catena bertanya.

Duduk begitu dekat dengannya bukanlah tindakan yang bijaksana. Tidak jika dia bisa mencium aroma tubuhnya dan juga makanannya. Tor merasa kepanasan dengan pakaian barunya yang bagus, dan bahkan kenangan akan sentuhannya saat dia membantunya berpakaian membuatnya semakin kepanasan.

Dia perlu menjauh darinya, untuk menenangkan diri. "Terima kasih, tapi tidak. Saya pikir saya akan naik ke atap saja."

Catena melirik ke luar jendela. "Apa kamu yakin? Sekarang sedang hujan. Kamu bisa basah kuyup."

"Gargoyle tidak keberatan dengan hujan." Dan itu akan memberinya alasan untuk melepas celana ini, yang semakin lama semakin ketat di sekitar pangkal pahanya, semakin lama dia berada di dekatnya.

Dia menyelam ke dalam dinding, merayap ke atas melalui dinding hingga mencapai atap. Dia meninggalkan pakaiannya di atas balok di rongga langit-langit, di mana pakaian itu akan tetap kering, dan keluar ke udara terbuka.

Angin kencang berhembus di atap lagi, membawa kabut tipis hujan dan sedikit rasa asin yang terbawa dari laut. Tor menarik napas dalam-dalam, merentangkan kedua tangannya lebar-lebar untuk merengkuh udara dingin. Jika dia tinggal di ruangan yang sama dengan Catena lebih lama lagi, dia tidak tahu apa yang akan dia lakukan. Hantu sentuhan Catena di kulitnya membuat darahnya mendidih di pembuluh darahnya... jika dia memiliki darah, atau pembuluh darah. Dia tidak tahu. Yang ia miliki adalah sayap, yang ia kepakkan secara eksperimental, menangkap angin yang cukup untuk mengangkatnya dari kakinya, sebelum ia melayang kembali ke atap.

Apakah itu berarti dia bisa terbang? Tentu saja, dia tidak ingat pernah melakukannya, tapi dia sudah cukup sering melihat burung. Jika dia hanya mengepakkan sayapnya cukup keras...

Dia segera menemukan bahwa ada lebih banyak hal dalam terbang daripada sekadar mengepakkan sayap. Sudut tubuh dan sayapnya, angin yang berhembus kencang, dan begitu ia terbang tinggi, ada masalah untuk mendarat, tanpa jatuh tersungkur.

Mungkin hanya beberapa menit atau jam, tapi akhirnya dia berhasil terbang sepanjang atap, lalu berbalik dan mendarat dengan kedua kakinya. Kemenangan meluap-luap dalam dirinya. Dia berhasil!

Namun, meluncur di atas atap adalah satu hal, dan membubung tinggi seperti elang laut yang bersarang di atas bukit yang menghadap ke pelabuhan adalah hal yang berbeda.

Namun demikian, ia tetap bertahan.

Begitu ia berhasil naik cukup tinggi, angin yang mengganggu menjadi temannya, mengibarkan sayapnya sehingga ia bisa terbang dengan mudah. Angin itu membawanya ke daratan, menuju sebuah kompleks bertembok di atas bukit berikutnya.

Penjara.

Dia tahu itu di dalam tulangnya, tidak perlu mencari tanda-tanda yang mengatakan apa tempat itu. Itu adalah tempat yang penuh dengan rasa sakit dan kesepian. Suara-suara dari masa lalu masih bergema dalam ingatannya, membuatnya kedinginan lebih dari sekadar hujan deras. Denting rantai, peluit dan bunyi cambuk cambuk, gesekan batu saat dibongkar dari lereng bukit dan berubah menjadi tempat yang mengerikan di mana orang-orang dikurung.

Tidak, dia tidak akan pergi ke sana malam ini. Dia telah melarikan diri dan meskipun dia belum bebas, suatu hari nanti dia akan bebas, jika dia melindungi Catena.

Lupakan saja perasaan berahi yang dia miliki untuknya. Dia memegang kendali atas tubuhnya, dan dia tidak akan menyerah pada mereka. Dia adalah pelindungnya, dan dia akan melindunginya dari setiap bahaya, sampai dia dibebaskan.

Sebuah nada kebenaran terdengar di kepalanya saat pikiran ini mengendap, meskipun dia tidak dapat menjelaskan bagaimana dia tahu apa yang dia lakukan, atau bahkan bagaimana dia akan dibebaskan. Hanya saja hal itu akan terjadi, jika dia setia pada tujuannya.

Dia kembali ke rumahnya, mendarat di atap, sebelum menyelinap kembali di antara dinding untuk bekerja memperbaikinya lagi. Ada beberapa kebocoran yang mengkhawatirkan yang memungkinkan air hujan masuk, yang mungkin tidak terlihat sekarang, tetapi akan menimbulkan banyak kerusakan di kemudian hari, jika tidak segera diperbaiki.

Jadi dia menyelipkan sayapnya dan mulai bekerja. Di dalam rumah, Catena tidur dengan aman dan nyaman, dan ia berniat untuk memastikan bahwa ia tetap seperti itu.

Dua Puluh Enam

"Apakah itu makanan? Baunya mungkin seperti itu, tapi aku belum pernah melihat orang makan seperti itu sebelumnya," kata Tor, sambil membungkuk di atas bangku untuk mengintip ke arah piringnya.

Catena menyeringai. "Ini, teman gargoyle-ku, adalah taco. Daging dan kacang-kacangan, saus, salad, dan salsa, dengan tumpukan keju, semuanya dijejalkan ke dalam kulit jagung yang renyah. Berantakan sekali untuk dimakan, tapi sangat sepadan. Saya akan menawarkan Anda satu, jadi Anda bisa merasakannya sendiri, tapi..."

Tor melupakan taco dan menuju ke kompor, di mana dia meninggalkan panci berisi cabai con carne. Dia menjulurkan kepalanya hampir ke dalam panci dan menghirupnya. "Saya tidak mengenali bumbu-bumbu dalam hidangan ini."

"Saya tidak membayangkan cabai merupakan hal yang besar di Skotlandia, ketika Anda tinggal di sana. Atau bahkan di sini, ketika Anda tiba. Bawang putih cukup universal, kurasa." Dia mengerutkan kening. "Saya tidak terbiasa memiliki tamu yang tidak bisa saya masak. Makanan adalah salah satu hal yang menyatukan orang-orang, berbagi keramahan, hal semacam itu. Saya bahkan tidak bisa mengambilkan minuman untuk Anda, bukan?"

Tor menggelengkan kepalanya.

"Jadi, dari semua pakaian barumu, kamu lebih suka celana kargo lama Maria, ya?" tanyanya.

Tor melirik ke bawah. "Pakaian ini praktis, kokoh, dan memiliki banyak kantong. Pakaian yang cocok untuk melakukan perbaikan rumah."

Dia menelan gigitan taco pertamanya. Mungkin dia terlalu banyak menambahkan cabai kali ini. "Jadi itu yang kamu lakukan. Aku bertanya-tanya mengapa kamu tidak berada di ruang tunggu, menonton film."

"Ini adalah rumah tua, dibuat dengan bahan di bawah standar. Batu kapurnya sudah retak di beberapa bagian, begitu juga dengan plesternya. Atau mungkin memang pengerjaannya yang buruk. Apapun alasannya, itu tidak akan berhasil. Saya telah memperbaiki apa yang saya bisa, mengganti apa yang tidak bisa, dan tugas saya selanjutnya adalah menambal semua kebocoran di atap. Beberapa hanya kecil, tapi begitu air masuk, cenderung menyebar, dan dapat merusak rumah yang dibangun dengan baik sekalipun."

Catena mengeringkan gelas airnya, lalu mengisinya kembali. Benar-benar terlalu banyak cabai. "Wow, aku tidak tahu kalau tugasmu sebagai pelindungku juga termasuk mengurus rumah. Kau luar biasa, Tor. Harta karun yang sesungguhnya. Aku benar-benar harus membayarmu untuk ini."

Dia menepis tawaran itu, seolah-olah itu bukan apa-apa. "Saya hanya memenuhi tujuan saya. Pakaian bagus yang Anda beli kemarin harganya lebih mahal daripada yang bisa saya dapatkan seumur hidup. Sepertinya sudah sepantasnya saya membalasnya dengan pelayanan."

Perbudakan seumur hidup untuk beberapa pasang celana, mantel dan beberapa aksesoris? Tidak. Itu salah dalam banyak hal.

"Dengar, Tor, aku tidak tahu berapa banyak yang mungkin kamu dapatkan di masa lalu, tapi jika kamu tidak menyadarinya, waktu telah berubah. Seorang pengawal yang baik, atau pelindung, mendapatkan lebih banyak daripada gaji pustakawan, dan tukang yang melakukan perawatan rumah mendapatkan lebih banyak lagi, ditambah dengan bahan bangunan. Aku tak punya masalah membayar beberapa pakaian untukmu, terutama saat Tayla hanya menagih setengah harga untuk pakaian-pakaian itu. Sekarang kamu telah menambal beberapa retakan, dan membantuku saat aku membutuhkannya, kita sudah lebih dari seimbang. Kamu tidak berhutang apa pun padaku."

Tor mengerutkan kening. "Tapi aku adalah pelindungmu, terikat untuk melayanimu."

Catena mengangkat kedua tangannya ke udara. "Tidak olehku! Siapa yang mengikatmu, Tor? Karena menurutku, alih-alih melindungiku, kau seharusnya memburu bajingan itu dan membebaskanmu. Kamu berhak untuk bebas."

Tor mengangguk. "Aku akan bebas. Tapi pertama-tama aku harus memenuhi tujuanku, dan melindungimu." Kerutan di keningnya semakin dalam. "Apa kau tidak ingin aku melindungimu?"

Catena menghela napas. "Kau adalah harapan yang menjadi kenyataan, Tor, dalam banyak hal yang tidak bisa kuhitung. Aku berharap kau akan tinggal selamanya, tapi itu hanya keegoisanku saja."

"Ini sama sekali tidak egois, karena aku juga ingin tinggal dan melindungimu. Oleh karena itu, saya akan tetap tinggal."

"Tor..."

"Maukah Anda menunjukkan kepada saya cara membuat film muncul di layar?"

Dia menghela napas. Mencoba menjelaskan kejahatan perbudakan tidak ada gunanya bagi Tor. Mungkin sebuah film akan membantu. Atau acara TV...

Oh, dia sudah menemukan yang tepat. "Tentu," katanya.

Dua Puluh Tujuh

"Ibu baptis saya, Maria, dan saya sering menontonnya. Saya menyukai arkeolog tampan, Daniel Jackson, tentu saja, tetapi dia lebih menyukai Teal'c atau O'Neill. Dia selalu berkata bahwa dia tidak pernah bertemu dengan seorang arkeolog yang lebih mencintai istrinya daripada pekerjaannya, tapi seorang pejuang, seorang prajurit, yang melindungi keluarga dan teman-temannya, sekarang dia adalah orang yang dia inginkan. Dia akan berkaca-kaca ketika dia mengatakan hal itu kadang-kadang, seperti pernah ada seseorang seperti itu, tetapi tidak berhasil, jadi dia tidak pernah menikah. Saya selalu bertanya-tanya, tapi itulah satu-satunya cerita yang tidak pernah ia ceritakan kepada saya." Catena menggelengkan kepalanya. "Jadi, apa pendapatmu tentang Stargate?"

Tor menyipitkan mata ke sampul DVD di tangannya, lalu kembali ke layar menu di TV. "Saya tidak mengerti bagaimana mungkin orang bisa melakukan perjalanan ke planet lain, dan ada orang yang tinggal di planet itu."

Tentu saja dia melewatkan alur cerita penghapusan perbudakan dan langsung menuju ke inti pertunjukan.

"Mereka melakukan perjalanan melalui gerbang bintang, semacam lorong ruang-waktu yang menghubungkan dua titik di planet yang berbeda." Dia sudah cukup sering mendengar para karakter menggambarkannya. Selama Tor tidak mengharapkan dia menjelaskan atau bahkan memahami fisika lubang cacing...

"Apakah alat seperti itu benar-benar ada?" tanyanya.

"Yah, tidak, tidak ada yang kami ketahui."

"Maka tidak mungkin untuk melakukan perjalanan ke planet lain, atau bagi siapa pun untuk tinggal di sana."

"Sebenarnya, saya cukup yakin mereka merencanakan misi berawak pertama ke Mars, dan bahkan mungkin koloni di sana. Mungkin kita harus menonton film The Martian."

"Tidak masuk akal! Manusia hidup di Mars! Hal berikutnya yang akan kau katakan padaku adalah bahwa ada manusia di bulan! Saya mungkin tidak tahu segalanya tentang zaman Anda, Nona Kelly, tapi saya bukan orang bodoh!"

Catena tertawa terbahak-bahak. "Pendaratan di bulan sudah lebih dari lima puluh tahun yang lalu. Saya yakin saya bisa mencarikan Anda film atau dokumenter tentang itu. Manusia pernah berjalan di bulan, dan ada tardigrade juga di sana. Dan ada kehidupan di Mars. Hanya saja... bukan kehidupan manusia. Belum. Saya berharap Anda bisa memberi tahu saya berapa lama Anda telah tidur, jadi saya akan tahu berapa banyak sejarah yang Anda lewatkan. Siapapun yang melakukan ini padamu pantas mendapatkan kaktus besar, gemuk, dan berduri di pantatnya."

"Apa itu kaktus?"

Apa lagi yang bisa dia katakan, kecuali: "Tanaman yang tidak Anda inginkan berada di dekat bokong Anda!"

Dua Puluh Delapan

Bunyi bip yang terus menerus menggema menuruni tangga. "Itu pasti mesin pengering," kata Catena sambil bangkit. "Apakah Anda ingin memilih sesuatu untuk ditonton selanjutnya, sementara saya merapikan tempat tidur dengan seprai bersih?"

Tor menganggguk, dan dia berjalan dengan susah payah ke lantai atas ke tempat cucian untuk membungkam bunyi bip.

Ketika dia kembali, dia memiliki cemberut di wajahnya. "Saya telah bersikap sangat kasar. Selama ini Anda berada di sini, dan seharusnya saya menawarkan Anda salah satu kamar tamu untuk tidur. Saya bisa menyiapkannya dengan seprai baru dalam beberapa menit, jika Anda mau. Saya ngeri membayangkan di mana saja Anda tidur."

"Gargoyle tidak pernah benar-benar tidur," dia meyakinkannya. "Jadi saya berterima kasih atas tawaran yang baik, tapi saya tidak membutuhkan tempat tidur."

Dia bertengger di tepi sofa di sampingnya. "Apa, tidak sama sekali? Kamu tidak tidur? Bagaimana dengan mimpi? Apa kamu pernah mengalaminya?"

"Dalam kegelapan, sebelum Anda memanggil saya, saya berada dalam keadaan seperti tertidur. Tidak terjaga, tetapi juga tidak tidur, karena saya sedang menunggu panggilan untuk mengangkat senjata. Setelah itu... tidak, saya tidak tidur sama sekali. Saya pasti tidak bermimpi. Ada beberapa kejadian singkat... Saya kira Anda akan menyebutnya kilasan ingatan, dari sebelumnya, tetapi itu tidak seperti apa yang Anda sebut sebagai mimpi. Hanya kenangan tentang pemandangan dan sensasi, ada di sana satu saat dan hilang di saat berikutnya. Tidak seperti mimpi, di mana Anda benar-benar merasa berada di sana."

Matanya berbinar. "Apa yang kamu ingat?"

Tor meringis. "Hal-hal buruk, kebanyakan. Saat-saat yang menyakitkan, atau ketika aku berharap aku melakukan sesuatu dengan cara yang berbeda. Aku takut masa laluku bukanlah topik yang cocok untuk didengar oleh seorang wanita, bahkan seorang sarjana wanita sepertimu."

Matanya berkaca-kaca. "Kadang-kadang kenangan itu sangat menyakitkan, hampir tidak mungkin untuk membicarakannya. Saya tidak bisa membayangkan apa yang telah Anda alami. Tetapi jika Anda ingin melepaskan beban Anda, untuk membicarakannya, saya cukup yakin telinga nyonya bisa mengatasinya, dan saya bersedia mendengarkan. Dan jika Anda menemukan orang yang bertanggung jawab atas hal itu, saya akan dengan senang hati membantu Anda menendang pantatnya. Atau setidaknya melemparkan bubuk cabai ke matanya."

Kemudian dia melemparkan dirinya ke arahnya, dalam sebuah pelukan yang terlambat dia sadari. Aroma manis dari rambutnya membanjiri dia saat dia menekan wajahnya ke dadanya. Dia tidak tahu apakah dia masih memiliki jantung, tetapi sesuatu di dalam sana membengkak saat disentuh. Butuh beberapa saat baginya untuk merangkulnya untuk membalas pelukan itu, lalu menepuk-nepuk punggungnya dengan canggung, sebelum dia melepaskannya dan bangkit berdiri lagi, sambil terengah-engah.

"Jadi, jika Anda tidak tidur dan tidak bermimpi, apa yang Anda lakukan di malam hari?" tanyanya. Dia tertawa kecil. "Katakan padaku bahwa kamu tidak mengawasiku saat aku tidur. Maksud saya, kedengarannya seperti hal yang manis dan protektif untuk dilakukan, tapi tetap saja agak menyeramkan."

Ini adalah dasar yang lebih kuat, jauh lebih tidak emosional.

"Saya bekerja di rumah Anda, sebagian besar, dan saya mengawasi rumah itu, karena saya tahu Anda aman di dalamnya. Dan tadi malam, saya terbang." Hal ini disampaikan dengan penuh kebanggaan. Dia pikir dia berhak mendapatkannya, mengingat betapa banyak usaha yang dilakukan untuk mengelola penerbangan pertamanya.

"Astaga, kamu bisa terbang?" Matanya berbinar. "Maukah kau membawaku bersamamu?"

Dia tidak bisa menolaknya, meskipun dia membutuhkan lebih banyak latihan sebelum dia berani terbang bersamanya. Meski begitu, dia masih tidak yakin dia tidak akan jatuh dari langit, dan dia tidak akan pernah mempertaruhkan nyawanya dengan kemampuannya yang tidak pasti.

"Ketika hujan reda, dan kita memiliki malam yang cerah, saya akan merasa terhormat untuk terbang bersama Anda. Mungkin pada malam bulan baru berikutnya?" katanya.

Catena berseri-seri. "Ini adalah kencan."

Tor tidak pernah sebahagia ini karena tidak perlu tidur, karena dia membutuhkan setiap waktu luang untuk menyempurnakan kemampuan terbangnya dari sekarang hingga nanti.

Dia tidak akan membiarkannya jatuh.

Dua Puluh Sembilan

"Apakah Anda sudah siap, Nona Kelly?"

Tidak. Ini gila. Dia berdiri di atas atap rumahnya, hendak terbang mengelilingi Fremantle dengan gargoyle yang menakutkan, hanya ditopang oleh kekuatan sayapnya. Jika dia jatuh sampai mati, dia pantas mendapatkannya, melakukan sesuatu yang begitu bodoh.

"Lingkarkan tanganmu di leherku."

Lengannya melingkar di pinggangnya, hangat dan aman. Dia tidak akan melepaskannya.

"Apakah saya memelukmu terlalu erat?" tanyanya dengan terengah-engah.

"Saya terbuat dari batu. Tidak peduli seberapa erat pegangan Anda, Anda tidak dapat mencekik saya, karena saya tidak perlu bernapas. Sekarang, pegang erat-erat, karena kita akan naik!"

Sayapnya mengepak lebar, menghempas udara sekali, dua kali, tiga kali, sebelum kakinya meninggalkan atap.

"Sedikit lebih tinggi, dan kita bisa menangkap angin yang berembus. Angin akan bekerja untuk kita." Satu ketukan. Satu lagi. "Siap? Di sini kita pergi! "

Catena mencoba untuk melihat pemandangan saat mereka membubung ke atas, tetapi hembusan angin dari sayapnya menyengat, memaksanya untuk menutup matanya.

Seolah-olah dia bisa merasakan ketidaknyamanannya, Tor berkata, "Jangan khawatir, kamu aman dalam pelukanku. Aku tidak akan melepaskanmu sampai kita aman di tanah lagi."

Sial. Dia mendarat di tengah-tengah High Street, dengan dia dalam pelukannya, di depan sebuah kafe yang penuh dengan orang-orang dengan ponsel berkamera... Perut Catena menukik, mengancam untuk membawa makan malamnya kembali. Dia menelan ludah. "Di atap. Kita akan mendarat di atap."

"Ke mana pun Anda mau, kapan pun Anda mau. Sekarang, jika Anda ingin berhenti."

Dia memiringkan badannya dan berbalik, dan tiba-tiba angin tidak lagi menerpa wajahnya. Mungkin bukan sayapnya yang harus disalahkan, tetapi cuaca yang mencoba merusak penerbangan mereka.

"Tidak, saya selalu suka terbang," katanya.

Dia merasa pria itu menegang karena terkejut. "Anda pernah terbang sebelumnya?"

Catena tertawa. "Tentu saja. Di dalam pesawat. Aku yakin kamu pernah melihatnya - lampu yang berkedip-kedip, di ujung sayapnya, tinggi di angkasa? Lebih tinggi dari kamu bisa terbang?"

"Misteri lain yang ingin saya tanyakan kepada Anda. Terima kasih." Sayapnya mengepak, tapi sepertinya berhenti bergerak. "Kemana kamu ingin pergi?"

Dia menarik napas dalam-dalam. "Ke mana pun Anda ingin membawa saya. Tunjukkan padaku... pemandangan yang ingin kamu bagikan."

Tiga Puluh

Tor tidak menduga hal itu. Dia berpikir sejenak. Hal terbaik dari bisa terbang adalah pemandangan dari atas sini, lebih tinggi dari siapa pun, dan kebebasan untuk mendarat di mana pun dia mau, atau terbang lagi, sesuai keinginannya.

Yang dia inginkan adalah memeluk Catena selamanya, menghirup aromanya saat Catena merapatkan tubuhnya yang lembut ke tubuhnya. Tapi dia tidak ingin terbang terlalu tinggi atau terlalu jauh bersamanya, jangan sampai sayapnya terlalu lelah dan dia harus membuatnya berjalan pulang. Itu akan menjadi akhir yang memalukan yang bahkan tidak ingin dia pikirkan. Dia mungkin tidak akan bisa terbang selamanya dengan dia dalam pelukannya, tapi dia ingin melakukannya lagi, dan lagi dan lagi, sesuatu yang tidak akan pernah dia ijinkan jika dia mengacaukannya.

Jadi dia mengamati kota pelabuhan yang terhampar di hadapannya, dan memilih sebuah gedung tinggi yang menjulang di atas gedung-gedung lainnya, namun memiliki atap datar yang akan memaafkan jika dia gagal mendarat. Rumah Sakit Fremantle, demikian bunyi papan nama di bagian depan, dengan huruf-huruf besar berwarna merah.

Dia meluncur masuk, lalu mengepakkan sayapnya ke belakang dan turun, menekuk lututnya untuk melunakkan pendaratan saat dia menghantam atap. Anda bisa melihat seluruh kota dari sini - pelabuhan kapal nelayan, kerlap-kerlip lampu gedung-gedung kota, dan pelabuhan yang terang benderang di muara sungai di seberang sana.

"Apa itu?" Catena bertanya.

Alih-alih melihat pemandangan, ia malah menunjuk ke sebuah bangunan dua lantai di belakang rumah sakit.

Tor berkedip. Sebuah bangunan yang dia kenal.

"Itu adalah Knowle, kediaman Inspektur Jenderal. Dibangun untuk seorang pria bernama

Henderson, yang bertanggung jawab atas semua narapidana di sini," katanya.

Kenangan teraduk, tentang kertas-kertas denah yang berderak di tangannya. Rencana arsitektur, sebuah rumah indah yang lebih kecil dari bangunan yang sekarang, tetapi tetap merupakan rumah yang hebat.

"Bagaimana Anda tahu itu?" tanyanya. "Saya telah tinggal di sini sepanjang hidup saya, dan saya bahkan tidak tahu kalau tempat ini ada."

"Karena saya yang membangunnya," katanya. Itu terjadi pada masa-masa awal di sini, ketika mereka masih menghormatinya, melihatnya sebagai seorang tukang batu ulung, dan bukan seorang narapidana biasa. Dia telah mengubah cangkang kasar komisariat mereka menjadi gudang yang layak, di mana barang-barang dapat disimpan tanpa terbawa ombak setiap kali ada badai, sehingga mereka dengan senang hati menyerahkan pembangunan rumah megah itu kepadanya. Sebuah rumah yang tidak bergerak.

"Kamu... yang membangunnya..." katanya perlahan. "Kau ingat?"

"Sedikit," akunya. Para pekerja biasa telah memotong batu-batu itu, dan dia mengarahkan mereka ke tempat yang dia inginkan, memasangnya dengan mulus ke dalam dinding untuk bertahan dalam ujian waktu. Itu adalah hari-hari yang menyenangkan. Kemudian para insinyur tiba, dan mereka mulai membangun penjara...

"Seperti apa Fremantle saat itu? Saya bahkan tidak bisa membayangkannya..." dia menarik napas, lalu menggigil.

Mungkin tidak ada angin, tapi malam yang cerah bisa menjadi dingin, dia tahu itu. Tor melingkarkan sayapnya di sekelilingnya, menariknya ke sisinya, untuk membuatnya tetap hangat.

Dia mengulurkan tangannya untuk menunjuk. "Sebagian besar bangunan di sini bahkan belum dibangun, dan pelabuhannya ada di luar sana, bukan di sungai. Kapal-kapal besar berlabuh, hutan tiang-tiang sejauh mata memandang. Membawa perbekalan dan narapidana, karena koloni ini hanya memiliki sedikit bahan bangunan selain kayu dan batu, bahkan saat itu. Tak satu pun dari Esplanade yang berumput ini. Hanya hamparan pantai, yang tergenang setiap kali air pasang. Ombak akan menyapu bersih tangga-tangga bangunan di sepanjang pantai, dan terkadang bahkan sampai ke dalam. Semuanya adalah gudang, bahkan Hotel Esplanade. Tempat menyimpan barang dan orang-orang yang dirantai, diidentifikasi dengan nomor, bukan nama. Setiap bangunan kedua adalah hotel atau rumah minum. Bahkan ada satu jalan penuh dengan rumah bordil..." Dia teringat pada dirinya sendiri. "Maafkan saya, Nona Kelly. Seharusnya saya tidak membicarakan hal itu."

Dia tertawa. "Apa kau pernah melakukannya, Tor? Menyerahkan uang hasil jerih payahmu untuk satu malam seks bebas? Atau kau hanya mampu membayar satu jam? Aku pernah mendengar cerita tentang rumah bordil pada masa demam emas. Mereka menempatkan gadis-gadis di kandang seperti kandang kuda, dan mereka menghabiskan sepanjang malam dengan berdiri, menempel di dinding kandang."

Jika itu mungkin, Tor akan tersipu malu. "Sepertinya kau tahu lebih banyak daripada aku, Nona Kelly. Aku tidak pernah ... maksudku, aku tidak ..."

"Anda tidak pernah membayar untuk seks, saya terima. Atau bekerja di rumah bordil. Nah, itu membuat kita berdua. Saya tidak yakin saya bisa berbagi tubuh saya dengan orang asing seperti itu.

Untuk berada sedekat itu dengan seseorang yang tidak saya cintai, atau setidaknya memiliki perasa an..." Dia bergidik, yang membuat setiap saraf di sayapnya terbakar. Tidak, seluruh tubuhnya.

Dia sangat dekat dengannya. Apakah itu berarti dia memiliki perasaan suka padanya? Dia tidak berani berharap, namun...

"Lalu apa lagi yang dibangun? Saya tahu Gedung Bundar itu..."

Tor mengguncang dirinya sendiri secara mental, dan mencoba untuk mengingat. Kenangan itu datang lebih mudah sekarang. Mungkin karena dia, karena dia yang memintanya. Bagaimanapun juga, dia adalah miliknya untuk diperintah.

"Rumah Bundar ada di sana, ya, dan komisariat, bangunan yang sekarang menjadi Galeri Kapal Karam, dengan semua jangkar di bagian depan. Pondok sipir, semua rumah-rumah di sana. Penjara masih dibangun, bagian selatan bangunan yang ada sekarang, bersama dengan tembok dan rumah jaga. Mereka melubangi bukit untuk itu, menggali batu, lalu mengangkatnya ke puncak bukit yang tersisa, untuk mempersulit para tahanan melarikan diri. Tentu saja, hal itu membuat tembok menjadi tidak stabil..." Dia terhenti.

Menunjukkan kelemahan tembok telah membuatnya dirantai dan kesakitan. Dia terkejut melihat tembok itu masih berdiri. Dia membuka mulutnya untuk mengomentarinya.

"Saya tidak bisa membayangkan apa yang dipikirkan oleh para narapidana tentang semua itu. Maksud saya, saya tahu mereka adalah penjahat, dihukum karena kejahatan yang cukup mengerikan, yang seharusnya mereka bayar, hutang kepada masyarakat, dan mereka telah membayarnya, dengan membangun kota ini, High Street, dan banyak hal lainnya, tetapi mereka harus membangun penjara sendiri. Maksud saya, bahkan penjahat yang paling keras sekalipun pasti akan hancur ketika membayangkan sel-sel kecil itu, dinding-dinding tebal itu, untuk mengetahui bahwa ketika penjara itu selesai dibangun, tidak akan ada jalan keluar..."

Ya, itulah mengapa dia mendengarkan tukang daging, dan mengambil kesempatannya sebelum tembok itu selesai dibangun. Menukar satu bentuk perbudakan dengan bentuk perbudakan yang lain, tapi pilihannya telah membawanya pada wanita itu. Dia berada dalam pelukannya sekarang, dan bahkan jika dia hanya menjadi pelindungnya, itu lebih dari yang dia harapkan sebelumnya, ketika seluruh masa depannya tampak terkurung di dalam sel batu kapur...

"Saya rasa mereka mendapatkan apa yang pantas mereka dapatkan," ujarnya lirih.

Mereka melakukannya, tetapi tidak dengan dia. Dia menginginkan apa yang tidak pantas dia dapatkan. Itulah yang membuatnya terlibat dalam kekacauan ini sejak awal, seorang pria yang berani melihat lebih dari posisinya. Dia tidak akan melakukan kesalahan yang sama lagi.

"Saya membayangkan mereka melakukannya," katanya, karena dia tidak lagi menjadi bagian dari mereka ketika penjara dibuka, dan mereka dikurung.

"Tor?"

Dia menatapnya. Sudah berapa lama dia melamun, sama sekali tidak menghiraukannya?

"Sangat indah di atas sini, dan saya bersyukur Anda mengajak saya terbang, tetapi saya benar-benar kedinginan sekarang, bahkan dengan sayap Anda di sekeliling saya, dan saya khawatir jika saya tidak segera pulang dan menghangatkan diri, saya tidak akan bisa merasakan kaki saya."

Dia adalah seorang pelindung.

"Tentu saja. Jika Anda mau melingkarkan tangan Anda di leher saya lagi?"

Kali ini, dia memeluknya, memeluknya ke dadanya untuk membuatnya tetap hangat, saat dia menerbangkannya pulang.

Tiga Puluh Satu

Dia mendarat di atap hanya dengan sedikit benturan, dan penerbangan pun berakhir. Catena mengutuk dirinya sendiri karena tidak mengenakan pakaian yang lebih hangat. Dia bisa saja terbang bersamanya selamanya, atau setidaknya sampai sayapnya patah.

Tor mengangkatnya berdiri, sayapnya melengkung untuk melindunginya dari udara malam yang dingin, seperti yang dia lakukan di atap rumah sakit. Dia tidak menyangka sayap-sayap itu begitu lembut, seperti kulit yang diminyaki dengan baik, meskipun Tor telah meyakinkannya bahwa sayap-sayap itu adalah batu hidup, sama seperti dirinya. Apapun itu maksudnya.

Dia mendongak, menatap matanya, dan mendapati dirinya tersesat di dalamnya. Dia menelan ludah. "Terima kasih, Tor, telah membawaku ke atas sana bersamamu, dan berbagi beberapa kenanganmu. Jika kau ingin melakukannya lagi, aku akan... aku akan..."

Sekarang siapa yang melupakan sesuatu? Kata-kata. Dia tidak punya kata-kata. Hanya matanya, tenggelam dalam matanya, saat sayap hangat melingkari dirinya, menariknya ke arahnya. Tangan yang kuat menangkup pipinya saat dia menundukkan kepalanya...

Ciumannya meledak di bibirnya, membakar seluruh tubuhnya. Dia pernah membaca tentang tarian lidah, tapi ini... ini... tanpa kata-kata. Dia tidak tahu di mana mulutnya berakhir dan mulut pria itu dimulai, dan dia tidak peduli. Jika begini cara gargoyle berciuman, maka ia tidak akan pernah mau mencium pria lagi.

Dan kemudian... dia berdiri sendirian, terpisah darinya oleh udara sedingin es, dan sebuah dunia yang berbeda yang tidak dia pahami. Lidahnya terasa seperti debu dan kapur.

Saya menjilatnya dan sekarang dia menjadi milik saya. Pikiran itu muncul, lalu tenggelam seperti batu itu. Batu mati.

Karena dia bukan miliknya, tidak peduli seberapa besar dia berharap bisa menjadi miliknya. Antara penerbangan dan ciuman supernatural itu, dan semua yang telah dilakukannya untuknya, belum lagi tubuh yang bisa saja ... tidak, sudah ... muncul dalam fantasi terliarnya, Tor adalah segalanya yang mungkin diinginkannya dari seorang pria. Jenis pria yang membuat seorang gadis memikirkannya selamanya...

Tapi hanya itu saja, bukan? Tor bukanlah manusia. Dia adalah seorang gargoyle, makhluk mitos dan legenda, yang bahkan tidak dapat dimengerti olehnya. Dia berada di sini karena dia percaya bahwa dia harus menjadi pelindungnya, dan hanya masalah waktu sebelum dia menyadari bahwa tidak ada yang menahannya di sini, bahwa dia tidak memerlukan seorang pelindung, tidak peduli seberapa besar dia menginginkannya. Dia sudah hidup selama dua abad, dan dia akan hidup entah berapa lama lagi, sementara dia akan beruntung mendapatkannya, dan jika hanya ini waktu yang dia dapatkan bersamanya, maka itu lebih dari yang dia harapkan.

Dia adalah mimpi, dan dia hanyalah seorang pustakawan paruh waktu, yang bermimpi untuk meraih gelar PhD, tetapi bahkan belum berhasil memilih proyek, sementara dia telah membangun rumah-rumah mewah yang telah berdiri selama berabad-abad. Setiap momen yang diberikannya adalah hadiah yang sangat berharga.

"Terima kasih," bisiknya, lalu berlari ke dalam rumah.

Tiga Puluh Dua

Kegilaan menguasainya. Begitulah seharusnya, katanya pada dirinya sendiri kemudian.

Namun, saat kakinya menyentuh atap itu, ia menggigil, dan sayapnya menutup secara otomatis. Melindunginya dari udara itu sendiri, jika itu yang dia butuhkan.

Dia mengangkat kepalanya, matanya penuh dengan kerinduan. Dengan kebutuhan. Cium aku, kata mereka, dan dia tidak berdaya untuk menolak perintah tak terucapkannya.

Sayapnya menyelimuti dia, menariknya mendekat bahkan saat sayap itu menyembunyikannya dari dunia, sehingga dia menjadi miliknya sendiri, jika hanya untuk saat ini. Tubuhnya yang lembut dan hangat, sedikit menggigil saat menyentuh selaput sayapnya yang sensitif. Hingga ia mendapati dirinya menggigil juga, sebagai antisipasi.

Dia berani mengangkat tangannya ke wajahnya, dan, keajaiban di atas keajaiban, matanya memancarkan persetujuan, mendorongnya untuk melanjutkan. Belum pernah dia merasakan kulit yang begitu lembut, kesenangan yang murni di bawah tangan pekerjanya yang kasar.

Dia membuka bibirnya, menarik napas kecil yang tajam, dan matanya memohon agar pria itu menciumnya.

Dan dia adalah miliknya, terikat untuk mematuhinya dalam segala hal.

Saat bibirnya menyentuh bibir wanita itu, banjir sensasi mengalir deras ke seluruh tubuhnya. Jantungnya berdegup kencang di dalam dadanya, darah memompa melalui pembuluh darahnya dengan sangat kuat sehingga terasa seperti mendesis di dalam. Lidahnya bertautan dengan lidahnya, dan dia bersumpah dia bisa merasakannya, campuran memabukkan dari rempah-rempah dan garam. Dengan pusing, dia menciumnya seperti udara itu sendiri, dan dia sekali lagi perlu bernapas.

Darah menggenang di pangkal pahanya, mengantisipasi apa yang akan terjadi setelah ciuman ini. Karena Catena meletakkan tangannya di dadanya, tapi tangan itu melayang lebih rendah, dan ketika dia mencapai ikat pinggang celananya, tangannya akan turun lebih rendah, dia akan memegangnya dengan kedua tangan, dan...

Tidak. Dia adalah pelindungnya, dan dia harus melindunginya. Bahkan terhadap dirinya sendiri. Dia adalah seorang wanita, dan dia adalah pelayannya, seorang narapidana rendahan yang melarikan diri yang tidak pantas mendapatkan ciuman yang dicuri ini.

Dia merenggut dirinya sendiri, membiarkan udara malam meminum panas di antara mereka, sampai dia menjadi batu yang dingin sekali lagi. Pelindungnya. Tidak lebih, tidak kurang.

Air mata iba memenuhi matanya, mungkin untuknya, mungkin meratapi hubungan yang tidak suci yang telah mereka bagi untuk satu momen berharga. Tidak akan pernah lagi. Dia tahu, lebih baik daripada dia, bahwa ini tidak mungkin terjadi.

Dia berbalik dan berlari kembali ke dalam rumah.

Setiap partikel dalam tubuhnya ingin sekali mengikutinya, untuk mendapatkan ciuman kedua, tetapi Tor adalah tuan di sini, bukan tubuhnya, dan dia tahu tubuhnya merindukan sesuatu yang tidak akan pernah bisa dimilikinya.

Sebaliknya, ia memutuskan untuk menghargai kenangan akan ciuman yang sangat berharga itu, dan saat ia hampir merasa seperti manusia lagi, alih-alih monster yang terbuat dari batu.

Tiga Puluh Tiga

Ketika badai datang, hampir saja melegakan. Angin meniupkan hujan ke arah samping, memperlihatkan kebocoran-kebocoran baru yang harus diperbaiki Tor, sehingga ia bisa menghindari Catena dengan mudah. Dia bekerja keras untuk menyelesaikannya, karena pasukan awan badai lainnya sudah berkumpul di barat, membawa badai musim dingin yang dia yakin akan mengikutinya sampai ke Skotlandia.

Dia berhasil menjepit dirinya sendiri di sudut yang sangat rumit, di mana labirin balok kayu bertemu membuatnya hampir mustahil untuk mencapai kebocoran, kecuali jika dia meliuk-liuk seperti ular. Itupun...

Sebuah jeritan terdengar, anehnya diperkuat oleh bentuk rongga langit-langit, seolah-olah Catena berada dalam bahaya tepat di bawahnya. Dia melesat menembus langit-langit, tetapi menemukan kamar mandi kosong. Tor berlari dari satu kamar ke kamar lain, memanggil-manggil namanya.

Dia menemukannya di ruang tunggu, menggenggam sebuah cangkir dengan tangan yang berkerut, matanya melebar ketakutan.

"Ada apa? Apa yang terjadi?" tanyanya sambil mengamati ruangan.

"Saya tidak tahu. Seseorang berteriak. Itu pasti Anemon di sebelah."

"Saya akan pergi," dia mulai, melangkah menuju dinding terdekat.

Catena mengangkat tangannya. "Tidak. Dia seorang janda dan dia tinggal sendirian. Jika kamu menerobos masuk seperti yang kamu lakukan padaku, kamu akan membuatnya terkena serangan jantung. Aku akan pergi, dan kamu bisa... mengawasiku dari belakang, dari tembok di belakangku, atau semacamnya. Jika saya membutuhkan Anda, saya akan menelepon, dan Anda bisa tampil seperti orang biasa, dan tidak membuatnya khawatir."

"Tetapi jika sesuatu terjadi pada Anda..."

"Kamu akan segera ke sana, siap untuk membantuku mengatasinya. Benar, kan?"

Dia tidak membayangkan tekad yang berapi-api di matanya. Ini adalah perintah yang tidak dapat ia tolak, tidak peduli betapa sakitnya hal itu baginya.

"Benar," katanya dengan enggan.

Dia bangkit. "Mari kita pergi."

Dia berjalan keluar dari pintu depan, dan menyeberangi tangga menuju pintu ke apartemen lainnya. Tor berdiri di sisinya, di setiap langkahnya, tersembunyi di dinding di sampingnya. Dia hanya perlu mengulurkan jari-jarinya, dan dia bisa memegang bahunya.

Bukan berarti dia berniat untuk menyentuhnya lagi. Setelah ciuman yang tak termaafkan itu, dia tidak berani.

Catena mengetuk pintu dengan cerdas. "Anemone? Ini Catena dari sebelah. Apa kau baik-baik saja?"

Sebuah suara teredam datang dari sisi lain pintu, diikuti dengan langkah kaki yang mendekat. Mendekat dengan cepat. Pintu terbuka, dan seorang wanita kecil yang terengah-engah dengan rambut pendek ikal yang tertutup debu plester berdiri di sana. "Ehm, hai?"

Sesuatu yang gelap bergerak di lekukan lengan wanita itu, sebelum dua telinga runcing muncul, juga berdebu putih. Kucing itu bersin dua kali, kemudian menggeliat keluar dari genggaman wanita itu dan jatuh ke lantai.

"Saya mendengar Anda berteriak, dan saya datang untuk memeriksa apakah Anda baik-baik saja," kata Catena.

Anemon berkedip. "Oh, baiklah, baiklah. Sekarang, bagaimanapun juga. Sebagian air hujan masuk ke atap, dan sebagian plafon kamar mandi saya runtuh. Air dan kabel di mana-mana. Tapi sekarang tidak apa-apa. Aku sudah mematikan listrik di kotak sekering. Aku akan memanggil tukang listrik di pagi hari. Setelah saya punya kesempatan untuk membersihkan kekacauan ini."

Kucing hitam kecil itu berjalan ke dinding, tepat di mana Tor berada, dan mulai menggosok-gosokkan kepalanya ke kakinya, seolah-olah binatang itu tahu dia ada di sana. Kemudian dia mulai mendengkur.

"Maaf, dia sering mencium dinding akhir-akhir ini. Saya tidak tahu apa yang merasukinya," kata Anemone sambil meraih kucing itu.

Puss menghindar di antara kedua kaki Catena dan Anemone, lalu berlari kembali ke dalam rumah Anemone.

"Baiklah, beritahu saya jika Anda membutuhkan bantuan. Saya ada di seberang lorong," kata Catena sambil berbalik untuk pulang.

Anemone mulai menutup pintunya. Melalui celah itu, Tor melihat sekilas kucing itu, menatapnya dengan saksama, hingga pintu tertutup.

Tiga Puluh Empat

Catena sedang berdebat apakah dia memiliki kesabaran untuk membuat pancake untuk sarapan, atau apakah dia harus tetap menggunakan sereal, ketika dia mendengar ketukan di pintu depannya.

Terkejut, ia membukanya dan menemukan Anemone berdiri di sana, terlihat jauh lebih muda. Rambut ikal pendeknya kembali berwarna emas pucat, bukannya putih bersih, sehingga ia lebih terlihat seperti anak seusianya daripada wanita tua. Kucingnya tidak terlihat lagi.

"Maaf mengganggu Anda sepagi ini," Anemone memulai.

Catena mengangkat bahu. "Saya sudah bangun dari tadi. Saya baru saja akan membuat secangkir kopi kedua."

"Oh, jangan khawatir. Yah, sebenarnya, mungkin. Ini akan terdengar sangat aneh..."

Catena mengatupkan kedua bibirnya agar tidak tertawa. Tidak ada yang lebih aneh dari Anemone selain mengetahui bahwa dia memiliki tamu rumah gargoyle.

"Oke, saya pikir ini sangat aneh, tapi... ketika saya sedang membereskan kekacauan semalam, saya menemukan sebuah sepatu. Sepatu anak-anak."

Catena tahu Anemone adalah seorang janda, tapi usianya tidak mungkin lebih dari tiga puluh tahun. Jika dia punya anak, Catena pasti sudah mendengarnya sekarang.

"Lihat, ini... mengingatkan saya pada beberapa koleksi museum. Benar-benar tua dan kokoh. Sepertinya sudah lama sekali berada di atap." Anemon menghela napas. "Saya tidak mengatakannya dengan baik, bukan? Saya bekerja di bidang konservasi. Saya tidak menemukan sesuatu, orang lain yang menemukannya, lalu mereka membawanya kepada saya untuk memastikan bahwa benda-benda itu dilestarikan. Atau mencari tahu apakah benda-benda itu bisa dilestarikan. Arkeologi lebih merupakan bidang Anda, dan saya ingat Anda mengatakan bahwa Anda mengenal keluarga yang tinggal di apartemen saya sebelum saya membelinya... Dengar, kau bilang tadi malam untuk menanyakan apa aku butuh bantuan. Saya tidak benar-benar membutuhkannya, hanya saja... ada sepatu anak kecil yang disembunyikan di rumah saya. Jika Anda menemukannya, tidakkah Anda ingin tahu lebih banyak? Bahkan mungkin mencari tahu siapa pemiliknya?"

Lagipula, sarapan itu terlalu berlebihan. "Ya, saya benar-benar ingin memecahkan misteri sepatu itu, jika itu saya. Beri saya waktu sebentar untuk mengambil kamera dan beberapa kuas dan saya akan segera ke sana. Saya tidak bisa menjanjikan bahwa saya akan bisa menemukan sesuatu yang lebih dari yang sudah kita ketahui, tapi setidaknya saya bisa melihat dan melakukan sesuatu dengan benar, jadi kita punya sesuatu untuk dilanjutkan jika Anda ingin menggali lebih dalam lagi."

Lima belas menit kemudian, berbekal kamera, peralatan kuas dan baju ganti, Catena masuk ke apartemen Anemone.

"Saya berhenti menyapu begitu saya menemukan sepatu itu, jadi Anda bisa melihatnya di tempat itu sebanyak mungkin," kata Anemone.

Catena mengangguk. Anemone mungkin bukan seorang arkeolog, tapi dia sudah cukup banyak bekerja dengan mereka untuk mengetahui prosesnya.

Ia berusaha untuk tidak menatap saat mengikuti Anemone memasuki rumah. Tempat tinggalnya memiliki banyak ruang dan ia dengan senang hati akan tinggal di sana selama Maria mengizinkannya, tetapi jelas terlihat ketika rumah itu dibagi menjadi dua apartemen, apartemen Anemone yang lebih megah. Bahkan kamar mandinya, dengan bak mandi cakar yang sangat besar, lebih dekaden daripada milik Catena.

Tentu saja, kamar mandi Catena yang sederhana tidak ditutupi dengan plesteran debu, dengan lubang besar yang menganga di tempat yang seharusnya menjadi plafon, jadi begitulah.

Dia meletakkan penggarisnya di samping sepatu kecil itu, mengambil gambar dari beberapa sudut sebelum menyikat puing-puing di sekitarnya.

"Maaf, saya menemukannya ketika sedang menyapu, jadi saya memungutnya. Pada saat saya menyadarinya... saya sudah menyapu sebagian debu yang menempel, dan ia sudah dalam posisi miring, jadi sebagian besar kotoran di dalamnya sudah keluar," kata Anemone.

Catena mengangkat bahu. "Ini bukan makam Tutankhamen, harta karun yang ingin diketahui seluruh dunia." Dia menunjuk ke langit-langit. "Apakah ada kemungkinan saya bisa melihat ke atas sana?"

"Tentu. Aku akan mengambilkan tangga."

Ketika dia kembali, Catena harus memanjat dengan hati-hati, karena ada jaringan kabel listrik yang saling terkait di celah tersebut.

"Mereka dimatikan di switchboard utama, saya janji. Jika mereka hidup, mereka akan tetap menyala. Mereka aman," kata Anemone, seolah membaca pikiran Catena.

Dia mempertimbangkan untuk menunggu sampai gelap, saat dia tahu Tor akan ada di sekitar, mengawasinya dengan cara pelindung sejati, tapi dia bilang dia bersembunyi di dinding pada siang hari, jadi mungkin dia sudah ada di sini. Hanya bersembunyi. Didukung oleh pemikiran itu, dia terus naik ke puncak tangga, sampai dia berada di rongga atap.

Ia bisa melihat dari mana air itu berasal - sebuah anak sungai kecil mengalir dari celah di antara batu-batu, di mana atapnya bertemu dengan dinding. Ia diam-diam berterima kasih pada Tor yang telah memperbaiki sisi bangunannya, jika tidak, langit-langitnya mungkin akan hancur berkeping-keping di lantai, seperti Anemone.

Dengan mengangkat kameranya, ia mengambil gambar kasau dan balok yang diselimuti debu dan apa yang tampak seperti kotoran tikus. Ugh. Tunggu, apakah itu...?

Dia memperbesar dan mengambil beberapa gambar terlebih dahulu, sebelum dia berani mengganggunya.

"Hei, Anemone, bisakah kamu mengambilkan kuas dan penggaris saya? Saya rasa saya mungkin telah menemukan yang lain." Muncullah gulungan kuas, dengan penggaris tertancap di tengahnya. Catena mengucapkan terima kasih, lalu berkata, "Bisakah Anda memegang tangga dengan mantap? Saya harus melakukan peregangan sedikit..."

Dia menggeser penggaris ke balok di samping sepatu, dan mengambil beberapa gambar lagi. Kemudian dia meraih penggaris itu lagi, dan entah bagaimana penggaris itu tersangkut di sepatu dan membuatnya jatuh ke kamar mandi di bawahnya.

Catena mengumpat, kemudian harus berpegangan erat pada tangga yang bergoyang-goyang, sementara Anemone menghindari hujan puing-puing yang dibawa oleh sepatu itu.

Tidak. Catena sudah muak. Dia turun lagi, batuk-batuk sepanjang jalan.

Saat dia mencapai lantai, sesuatu bergerak di sudut matanya, di dinding. Apakah itu...?

Dia mengedipkan mata, dan benda itu menghilang, tapi dia berani bersumpah bahwa dia telah melihat penis yang mencuat dari dinding. Tor pasti ada di sini. Apa yang telah dia lakukan dengan celananya?

Kucing kecil yang dibawa Anemone kemarin masuk ke dalam ruangan dan menggosok-gosokkan kepalanya ke dinding tempat penis itu muncul. Seolah-olah dia tahu Tor juga ada di sana.

Mereka akan bertengkar ketika dia sampai di rumah. Menunjuk penisnya ke tetangganya...

Anemone menyenggol sepatu baru itu dengan kakinya. "Sepertinya sepasang."

Sepatu. Ya. Itu adalah topik yang jauh lebih aman.

Catena berlutut dan membersihkan kotoran yang menempel di sepatu baru itu. Anemone benar. Sepatu itu terlihat seperti terbuat dari kulit, keras dan retak karena terlalu sering berada di atap rumah yang panas. Tapi apa yang mereka lakukan di sana?

Dia tahu anak-anak menyimpan barang dan melupakannya, tapi anak ini tidak mungkin lebih dari seorang balita, dan tidak mungkin seorang balita merangkak naik ke atap untuk meletakkannya di sana. Itu tidak masuk akal.

Ia memasukkan kuasnya kembali ke dalam tasnya, dan menggulungnya. "Baiklah, saya punya beberapa foto, dan saya akan melakukan sedikit riset dengan foto-foto itu. Apa yang ingin kamu lakukan dengan sepatu itu?"

Anemon mengangkat bahu. "Saya tidak tahu. Kurasa aku akan melakukan apa yang selalu kami lakukan di museum ketika ada sesuatu yang baru masuk. Membungkus dan membekukannya untuk membunuh serangga."

"Kedengarannya seperti sebuah rencana. Sebaiknya saya sarapan dulu, dan saya akan memberitahumu apa yang saya temukan. Dan jika Anda membutuhkan bantuan untuk sesuatu - perbaikan, apa pun, beritahu saya, oke? Hanya karena kita hidup sendiri, bukan berarti kita sendirian." Catena memelototi dinding.

Anemone melihat sekelilingnya dengan gugup. "Ya. Baiklah. Terima kasih. Aku mungkin harus menyelesaikan pembersihan di sini agar bisa mandi."

"Ya, saya juga membutuhkannya, setelah itu."

Catena pulang ke rumah, kameranya berayun-ayun di setiap langkahnya. Dia seharusnya menyusun proposal proyek PhD-nya, tapi itu bisa menunggu sebentar. Dia memiliki misteri baru yang harus dipecahkan, dan dia tidak akan bisa fokus sampai dia tahu siapa pemilik sepatu itu.

Tiga Puluh Lima

Karena hari itu adalah hari Minggu, hari kunjungan Catena kepada ibu baptisnya, maka sudah sepantasnya ia memulai penelitian sepatunya di tempat tersebut: Maria, yang keluarganya telah memiliki bangunan itu sejak batu pertama diletakkan. Maria pernah menceritakan kisahnya, tentang ibu dari keluarga tersebut, yang datang ke Swan River Colony dengan kapal layar bersama anak-anaknya, dipanggil oleh seorang suami yang tidak dapat ditemukan saat dia tiba. Dia menjadi seorang pengusaha wanita yang mapan, untuk menafkahi anak-anaknya, dan Maria adalah keturunan terakhirnya yang masih hidup, jadi ketika dia ingin terjun ke dunia arkeologi alih-alih menikah atau mendapatkan pekerjaan yang layak, orangtuanya tidak keberatan, meskipun mereka tentu saja menggerutu. Mereka telah meninggal sebelum Catena lahir, jadi dia tidak pernah bertemu dengan mereka.

"Dia mengalami hari yang baik hari ini," kata salah satu perawat di luar kamar Maria.

Hal itu bisa berarti apa saja, jadi Catena tidak terlalu berharap bahwa Maria akan mengenalinya hari ini. Ia sudah menyerah ketika Maria masuk ke panti jompo.

"Hai, Maria. Aku membawa Tim Tams minggu ini, rasa baru. Apakah Anda percaya mereka membuat yang tiramisu?"

"Yang asli adalah yang terbaik," gerutu Maria.

"Oh, itu tidak benar! Favorit saya adalah yang karamel, dan sesekali yang cokelat putih, ketika mereka mengeluarkan edisi khusus untuk Natal."

"Putri baptis saya menyukai yang karamel. Tapi Anda harus menyimpannya di lemari es semalaman, agar karamelnya menjadi keras dan kenyal, seperti permen."

Maria tersenyum. Ya, Maria tidak pernah lupa untuk mendinginkannya terlebih dahulu.

Troli teh muncul kemudian, dan wanita yang mendorongnya tidak akan berhenti sampai dia membuatkan mereka berdua secangkir kopi, ditambah dengan menyerahkan sekumpulan biskuit. Surga menolong para penghuni yang menderita diabetes, atau mungkin itu sebabnya Maria mendapat begitu banyak - dia satu-satunya penghuni yang tidak menderita diabetes.

Catena meniup kopinya untuk mendinginkannya. "Saya punya cerita lucu untuk diceritakan hari ini, tentang tetangga di apartemen sebelah rumah Anda."

Wajah Maria mendung, dan Catena tahu dia harus segera menarik perhatiannya, atau dia akan mengajukan pertanyaan yang tak terelakkan, kapan dia bisa pulang, memaksa Catena untuk mengatakan, "Ketika kamu sudah lebih baik," yang sebenarnya berarti tidak pernah.

"Ada badai yang sangat buruk pada malam itu, angin meniupkan hujan ke arah samping. Jadi air masuk ke atap, menggenang di titik terendah, seperti yang terjadi, sampai langit-langit runtuh karena beratnya. Whoosh! Badai air dan plester di dalam ruangan."

Maria tertawa kecil. "Saya yakin hal itu membuat semua orang terkejut."

"Benar! Wanita yang tinggal di sana berteriak sangat keras, dia membuat saya ketakutan, dan semuanya berantakan. Bak mandinya penuh dengan plester, dan itu adalah bak mandi yang besar."

Maria menyeringai. "Cukup besar untuk dua orang. Itu sebabnya saya membelinya, meskipun saya tidak pernah bisa membaptisnya sendiri. Sayang sekali."

Catena bersedia bertaruh gajinya selama seminggu bahwa ada sebuah cerita di sana, tetapi dia tidak bisa mengejarnya sekarang - dia harus bertanya tentang sepatu itu.

"Jadi dia punya pekerjaan besar untuk membersihkan semuanya. Dan, di tengah-tengah kekacauan itu, dia menemukan sepasang sepatu!"

Catena mengeluarkan ponselnya dan membolak-balik gambar sampai dia menemukan gambar yang tepat. Kedua sepatu itu, duduk di samping penggaris di lantai.

"Sangat kecil dan terbuat dari kulit yang tebal. Bahkan mungkin setua rumah ini. Apakah Anda tahu siapa yang menaruhnya di sana?"

Maria mengambil telepon dan menyipitkan mata pada foto tersebut. "Akhir zaman Victoria, menurutku, atau mungkin sedikit lebih belakangan. Di langit-langit, katamu? Sungguh tempat yang aneh untuk menaruh sepasang sepatu!"

Jantung Catena terasa sesak. "Jadi kamu tidak tahu siapa yang menaruhnya di sana? Mungkin salah satu nenek moyangmu, yang tinggal di sana sebelum kamu?"

Maria menggelengkan kepalanya. "Apartemen-apartemen itu adalah kantor ketika saya mewarisi bangunan itu, dan mereka adalah kantor selama yang saya ingat. Saya mengubahnya menjadi apartemen ketika orang tua saya meninggal. Saya ingin menyimpan yang besar dan megah untuk saya sendiri, tetapi saya sering bepergian saat itu, dari satu galian ke galian lainnya, sehingga saya tidak membutuhkan semua ruang itu ketika hanya ada saya, dan hanya di antara galian-galian ..."

"Jadi tidak ada yang tinggal di sana sama sekali?" Catena tetap bertahan.

Maria mempertimbangkan. "Setahu saya tidak. Mungkin saat dibangun, pemiliknya tinggal di lantai atas untuk sementara waktu. Banyak bisnis yang melakukan hal tersebut saat itu, dengan toko di lantai bawah dan rumah di lantai atas, sampai mereka mampu membeli sesuatu yang lebih besar dan lebih baik. Anda beruntung karena hanya menjual sepatu. Beberapa penggalian yang pernah saya kerjakan - rumah-rumah yang sudah lama ditinggalkan, jadi Anda akan berpikir tidak akan ada yang tersisa, kecuali barang-barang yang mereka kubur di bawah lantai! Ada sebuah desa di abad pertengahan, yang musnah karena wabah, dan setiap rumah memiliki kerangka kucing di bawah perapian. Beberapa di antaranya bahkan memiliki tikus yang terinfeksi wabah yang diletakkan di sampingnya - ya, mereka menguji tikus-tikus itu, dan menemukan serangga wabah, saya lupa nama latinnya. Ugh, saya menjauhi penggalian abad pertengahan setelah itu - maksud saya, siapa yang mau terkena wabah?"

"Tidak ada," kata Catena.

"Tapi kucing bukanlah hal terburuk, tidak jauh dari itu. Beberapa penggalian lain yang pernah saya kerjakan menemukan jasad manusia yang dikubur di tempat yang paling tak terduga. Di bawah gerbang kota, atau di bawah ambang pintu setiap rumah. Kadang-kadang bahkan dikuburkan di dalam tembok." Maria bergidik. "Beberapa dari mereka tampak dikubur hidup-hidup, ditinggalkan dengan makanan dan air. Beberapa dari mereka tampak seperti budak, atau musuh yang ditangkap, disembelih sebagai tumbal untuk melindungi bangunan. Yang terburuk adalah anak-anak. Saya tahu angka kematian bayi tinggi, tetapi Anda tidak pernah berharap untuk menemukan kerangka bayi di bawah perapian rumah.

"Tentu saja ada banyak teori tentang mereka. Hanya sebagian kecil dari arkeologi yang menggali, sementara sisanya menghasilkan teori untuk menjelaskan apa yang Anda temukan. Beberapa mengatakan bahwa bayi-bayi itu lahir di luar nikah, atau tidak diinginkan. Ada juga yang mengatakan bahwa mereka mati muda dan dikuburkan di tempat di mana roh-roh malaikat mereka akan melindungi rumah tersebut, seperti halnya umat Katolik yang percaya bahwa sisa-sisa anak-anak yang dibunuh pada saat kelahiran Yesus adalah peninggalan suci, dan dapat melindungi gereja. Itu juga masih berlaku hingga sekarang - tidak mungkin memiliki sebuah gereja tanpa beberapa bagian dari orang suci di dalamnya. Takhayul yang aneh.

"Beberapa akademisi mengatakan bahwa musuh yang terbunuh seharusnya juga melindungi rumah. Sepertinya sesat, jika Anda bertanya kepada saya. Membunuh seseorang karena menyerang rumah Anda, lalu menguburnya di depan pintu sehingga mereka bisa bangkit dan mempertahankan rumah Anda dari penyerang berikutnya. Seolah-olah memiliki pasukan kerangka zombie adalah hal yang bagus... bayangkan baunya! Saya tidak bisa membayangkan mayat akan menjadi pelindung yang baik. Tapi tidak ada yang memperhitungkan kepercayaan agama, dan pengorbanan manusia telah menjadi hal yang cukup banyak dilakukan sejak dulu. Tidak peduli apa pun agamanya."

Catena merasa sedikit sakit. Ia meletakkan cangkir kopinya dan mendorongnya menjauh. "Seandainya saja saya tidak bertanya."

Maria mengulurkan tangan dan menepuk tangannya. "Menggali mereka tidak terlalu buruk. Baru setelah itu, ketika laporan forensik keluar, kami mengetahui bagaimana mereka meninggal. Mengerikan, dalam banyak kasus. Tidak, jika

Anda ingin tahu mayat mana yang paling menjijikkan untuk digali, itu adalah mayat yang telah dimumikan. Segala macam proses alamiah dapat memumikan tubuh, dan alih-alih kerangka, tiba-tiba Anda berhadapan langsung dengan mayat yang masih memiliki wajah..."

Maria selalu menjadi penggemar film horor.

Setelah beberapa cerita tentang mayat rawa dan mumi, antusiasme Maria pun mulai berkurang. Dia ingin keluar ke lapangan lagi, menemukan banyak hal, tidak terjebak di ranjang rumah sakit dengan ingatan yang tidak lengkap. Dia sudah cukup sering mengeluhkan hal itu kepada Catena, dan dia bisa melihat Catena akan kembali mengomel.

"Maaf, sayang, jam besuk berakhir lima menit lagi," kata seorang perawat.

Catena langsung berdiri, mendorong sekumpulan Tim Tams yang tersisa ke arah Maria, dan mengucapkan selamat tinggal.

Baru ketika sampai di tempat parkir, dia membiarkan bahunya merosot dalam kekalahan. Maria tidak tahu apa-apa tentang sepatu itu, atau penghuni sebelumnya, jika memang ada yang pernah tinggal di sana.

Dia harus melakukan banyak hal dengan cara yang sulit.

TIGA PULUH ENAM

Didorong oleh cerita horor Maria tentang pengorbanan yayasan, Catena langsung menyalakan laptopnya sesampainya di rumah. Biasanya, dia akan langsung membuka database jurnal yang telah ditinjau sejawat untuk menjawab misteri arkeologi, tapi ada sesuatu yang membuatnya memilih untuk mencari di internet yang lebih luas. Lagipula, berapa banyak penyelidikan arkeologi yang dilakukan di langit-langit?

Lebih dari yang dia harapkan, itu sudah pasti. Cerita Maria hanyalah puncak gunung es.

Mayat yang terkubur di dalam rumah, kisah tentang kucing, dan... bahkan ada database global tentang benda-benda yang ditemukan seperti sepatu Anemone. Database dikelola oleh lembaga-lembaga terkemuka, bukan hanya oleh para ahli teori konspirasi gila atau penghobi lainnya.

Praktik ini adalah sihir, murni dan sederhana. Kecuali hampir tidak murni dan jauh dari sederhana.

Dan gambar-gambarnya... dia harus menonton semua film Alien untuk mengeluarkan gambar-gambar ini dari kepalanya.

Sepatu dan kucing dan orang-orang dan sarung tangan dan praktik memuakkan botol penyihir... semuanya ada di sana, dalam detail grafis.

Meletakkan sepatu di dalam rumah seharusnya menjadi pengganti pemilik sepatu, baik untuk mendapatkan perlindungan bagi pemilik sepatu, atau perlindungan dari mantan pemilik sepatu setelah kematian mereka. Ketika barang tersebut milik seorang anak, terkadang barang tersebut diharapkan dapat membawa kesuburan, atau mengurangi angka kematian bayi di dalam rumah tangga.

Dan jika sepatu anak-anak disembunyikan di dalam rumah...apa lagi yang ada di sana? Bangunan ini memiliki setengah lusin perapian - mungkin ada lebih dari sepasang sepatu yang tersembunyi di dalamnya. Bahkan mungkin ada mayat...

Ya Tuhan, bagaimana jika ada mayat yang terkubur di rumahnya?

Namun, ada satu tema yang muncul di semua artikel, siapa pun yang menulisnya: perlindungan.

Satu hal yang terus dibicarakan Tor. Bagaimana itu adalah tujuannya.

Bagaimana jika tubuhnya tersembunyi di suatu tempat di dalam tembok? Dan Tor yang dia ajak bicara, yang berjalan menembus dinding dan terbang di udara, adalah hasil dari pengorbanan yayasan?

Catena mematikan laptop dan membenamkan kepalanya di tangannya.

Tiga Puluh Tujuh

Tor memasukkan potongan batu terakhir ke dalam lesung dan meratakannya sehingga menempel rata pada balok-balok di kedua sisinya. Selesai. Pekerjaan selesai. Rumah Catena akan berdiri selama satu abad lebih, jika dia adalah seorang hakim, dan dia tahu dia adalah seorang hakim.

Tidak seperti tetangganya, rumah itu tidak membahayakan dirinya.

Dia benar-benar harus memberitahukan kabar baik itu kepadanya.

Dia menemukannya duduk di sebuah meja, di belakang layar kecil yang tidak jauh berbeda dengan layar yang mereka gunakan untuk menonton film. Alih-alih perangkat yang disebut Catena sebagai remote control, layar ini memiliki papan dengan berbagai tombol di atasnya yang diletakkan di atas meja di hadapannya, dilabeli dengan huruf-huruf alfabet. Ia sesekali menyentuh tombol-tombol tersebut, tetapi tampaknya lebih suka melambaikan jarinya di depan layar. Yang mengherankan, layar itu mengenali gerakannya dan gambarnya pun berubah.

Sial, tapi dia bisa membaca dengan cepat. Kata-kata itu bergerak dari bagian bawah halaman ke atas saat jarinya mengarahkannya ke atas, kerutan di dahinya semakin dalam di setiap baris.

Kemudian mulutnya terbuka lebar karena ngeri, dan dia menusukkan jarinya ke layar. Kata-kata itu lenyap, digantikan oleh gambar seekor kucing. Dia menatapnya sejenak, bergidik, lalu mengirimnya kembali ke dalam aether.

Layar perlahan-lahan memudar menjadi hitam, tetapi dia masih menatapnya, seolah-olah dia bisa melihat sesuatu yang tidak bisa dilihatnya. Mungkin. Para cendekiawan melihat hal-hal yang jauh lebih dalam daripada tukang batu sederhana seperti dia. Hal-hal yang bahkan tidak dapat ia pahami.

Namun, dia mengerti bahwa apa pun yang telah dilihatnya, hal itu telah membuatnya jauh dari bahagia, dan dia ingin sekali menghiburnya. Beranikah ia melangkah keluar dari dinding dan menawarkan beberapa kata penghiburan? Dia tidak akan menciumnya lagi, tetapi satu atau dua kata tidak ada salahnya.

"Ya Tuhan, Tor, katakan padaku bahwa kau tidak ada di sini. Terjebak di dinding, atau di bawah lantai. Aku tidak tahan memikirkannya."

Dia tidak hanya tidak menginginkan simpatinya, dia ingin dia pergi. Hatinya hancur untuknya.

Tanpa suara, dia melangkah mundur dan melarikan diri ke atap. Tor melebarkan sayapnya dan terbang menuju malam, tanpa menghiraukan hujan yang membasahi wajahnya dengan air mata yang menirukan air mata Catena.

Tiga Puluh Delapan

Catena hampir tidak bisa tidur malam itu, tersentak bangun ribuan kali karena mimpi buruk tentang kerangka atau pasukan zombie yang keluar dari dinding, tetapi dia harus bekerja pada Senin pagi, jadi dia menyeret dirinya sendiri ke dapur kerja untuk minum kopi tambahan sebelum perpustakaan dibuka.

Callie ada di sana dengan teko kaca, menyeduh sesuatu yang baunya seperti berasal dari botol parfum, bukan dari cangkir teh. "Kamu begadang membaca lagi? Apa dia kepanasan?"

Catena hanya menggelengkan kepalanya. Dia tidak bisa berhenti menatap teko itu. Minuman penyihir, seperti itulah bentuknya. Kemudian pikirannya yang lamban menyusul matanya. "Apa yang kamu ketahui tentang pengorbanan yayasan, dan menyembunyikan sepatu di langit-langit?"

Callie menyeringai. "Apa kau berencana mempelajari ilmu hitam? Kurasa aku punya beberapa buku mantra abad pertengahan tentang hal itu. Bukan untuk orang yang lemah hati - ada beberapa bahan yang cukup mengocok perut di dalamnya. Bahkan mantra yang tidak melibatkan mayat."

"Bisakah Anda... bisakah Anda memeriksanya untuk saya, dan beri tahu saya apa yang Anda temukan?" Catena bertanya.

"Sihir abad pertengahan itu sangat kacau? Saya bisa mengatakannya sekarang. Siapa pun yang berpikir membunuh seseorang untuk memperkuat tembok mereka dan bukannya membangun tembok yang lebih baik, memiliki masalah serius. Membuat Shakespeare terlihat seperti Disney."

Catena sudah mengetahui hal itu. "Tidak, hanya saja tetanggaku menemukan sepasang sepatu bayi di langit-langit rumahnya, dan jika seseorang yang percaya akan hal itu menaruhnya di sana, tidak ada yang tahu apa lagi yang mungkin disembunyikan di dalam rumah. Rumah ini sudah berusia lebih dari seratus tahun, dan... Callie, bagaimana jika pembangun aslinya adalah seorang pembunuh berantai, namun tidak ada yang tahu karena mayatnya ada di dalam tembok?"

"Seseorang pasti akan menyadari ada orang yang hilang."

"Tidak selalu."

Callie menghela napas, lalu menuangkan secangkir teh untuk dirinya sendiri. "Baiklah, aku akan melihat-lihat beberapa teks sihirku dan melihat apa yang bisa kutemukan. Ada yang lain? Selama itu bukan Manusia Ngengat, aku punya waktu untuk melakukan sedikit penelitian di liburan antar semester."

Catena ragu-ragu. Apa salahnya? "Gargoyle. Apa pun yang bisa kamu temukan tentang mereka."

"Oke, saya belum pernah mendengar ada orang yang punya masalah dengan gargoyle sebelumnya. Tikus, ya. Kecoak, pasti. Tapi gargoyle? Saya tahu mereka jelek, tapi begitu juga dengan wallpaper, dan orang-orang masih membelinya."

"Tidak semua gargoyle itu jelek," kata Catena, tanpa berpikir panjang.

Callie berpikir sejenak. "Oke, mungkin beberapa dari Disney agak lucu, dan ada yang berotot yang cukup seksi untuk ukuran kartun, tapi saya pikir inti dari gargoyle adalah untuk menakut-nakuti ancaman. Cantik tidak akan berhasil untuk itu."

Catena membuat dirinya mengangguk. Lebih baik daripada memberitahu Callie yang sebenarnya tentang Tor. Dia akan dibawa ke rumah sakit jiwa sebelum dia bisa berkedip.

"Sekadar mengecek... Anda ingin informasi ini hanya untuk tujuan penelitian, karena Anda adalah seorang arkeolog dan Anda tinggal di sebuah situs bersejarah? Anda tidak mencoba memanggil sesuatu dari neraka untuk melindungi rumah Anda dari zombie, bukan? Karena semua hal itu tidak mungkin terjadi. Percayalah, aku tahu. Saya memiliki perpustakaan yang penuh dengan teks-teks Latin yang berisi instruksi tentang bagaimana melakukan hal-hal tersebut, dan tidak ada satu pun teks sejarah yang mengatakan bahwa ada orang yang berhasil melakukannya. Maksud saya, pembakaran penyihir akan menjadi hal yang sangat berbeda jika para penyihir memanggil setan untuk melindungi mereka, jika Anda mengerti maksud saya."

Untuk pertama kalinya sejak ia meninggalkan panti jompo Maria, Catena berhasil tersenyum. "Tidak. Aku hanya mengusir setan, bukan memanggil mereka."

"Bagus. Sekarang, sementara waktu... bukankah Anda memiliki perpustakaan untuk dibuka?"

Catena melirik ke arah jam. "Sial."

Tawa lembut Callie mengikutinya sampai ke seberang halaman.

Tiga Puluh Sembilan

Lampu Anemone menyala ketika Catena tiba di rumah, jadi alih-alih menuju pintu depan rumahnya, ia menyeberangi jalan masuk dan mengetuk pintu Anemone.

Dia menjawabnya dengan segelas anggur di tangannya. "Apa yang bisa saya bantu?"

"Saya pikir Anda mungkin ingin tahu apa yang saya temukan tentang sepatu Anda," kata Catena.

"Oh! Itu cepat sekali. Masuklah. Kami baru saja menyelesaikan makan malam." Anemone membuka pintu lebar-lebar, memberi isyarat agar Catena masuk.

Catena menunduk. "Saya tidak tahu kalau kamu ada tamu. Saya bisa kembali lagi nanti, atau hari lain, jika Anda mau."

Anemone mengerjap, lalu tertawa pelan. "Oh, tidak, ini hanya aku dan kucing. Masuk dan lihatlah."

Catena mengalah dan mengikutinya ke dalam. Di dapur, ia menemukan sebuah mangkuk yang hampir kosong di atas bangku, di samping slow cooker yang mengeluarkan aroma yang paling menakjubkan.

"Oh, apa itu?" tanyanya.

"Gulai ala Hungaria. Butuh waktu sekitar dua hari untuk memasaknya, jadi saya membuat dalam jumlah besar dan membekukannya, atau saya akan memakannya setiap kali makan selama seminggu. Ini, saya ambilkan untukmu." Anemone mengeluarkan mangkuk bersih dari lemari dan mulai menyendokkan rebusan ke dalamnya. Setelah penuh, ia mengulurkannya kepada Catena. "Ini sangat cocok dimakan dengan sepotong atau dua potong roti tawar. Saya mengambil penghuni pertama yang baru saja dibeli dari toko roti pagi ini."

"Oh, saya tidak bisa..." Catena mulai.

"Tentu saja bisa. Ada banyak sekali. Setidaknya itu yang bisa kulakukan, jika kau menemukan pemilik sepatu misteriusku."

"Ya, itu mungkin tidak semudah yang saya pik irkan..."

Di sela-sela gigitannya - Tuhan, rasanya enak - Catena memberi tahu Anemone apa yang dia temukan sejauh ini.

Anemone hanya duduk di sana sambil mengangguk-angguk dan menyesap anggurnya.

Ketika Catena selesai, Anemone bertanya, "Jadi menurutmu ada penyihir yang menaruhnya di sana?"

Catena hampir tersedak.

"Biar saya ambilkan anggur," kata Anemone. "Saya menggunakan satu botol penuh untuk gulai, jadi saya harus membuka botol kedua untuk diminum."

Catena harus mengakui bahwa shiraz sangat cocok dengan rebusannya.

Dia berdeham. "Saya tidak tahu tentang penyihir, tapi sepertinya sepatu itu mungkin ditaruh di sana sebagai bagian dari ritual kesuburan atau perlindungan. Apakah mereka benar-benar melakukan sesuatu, hanya bisa ditebak oleh siapa pun, dan saya kira itu tergantung pada apa yang Anda yakini."

Anemone tampak berpikir. "Jadi saya harus mengembalikannya?"

"Jika Anda percaya akan hal semacam itu, saya rasa tidak ada salahnya. Jika mereka tidak melakukan apa pun, maka itu seharusnya tidak menjadi masalah."

"Ada lebih banyak hal di langit dan bumi daripada yang diimpikan dalam filosofi Anda," gumam Anemone. "Dari apa yang kamu katakan, sepertinya mereka seharusnya disembunyikan di dekat perapian, bukan di atap. Aku mungkin akan menaruhnya kembali di salah satu perapian, di atas cerobong asap. Mengingat mereka tidak melakukan hal yang baik di tempat mereka berada."

"Yah, tidak..." Catena tidak begitu yakin apa yang harus dikatakannya. Ia tidak menyangka Anemone begitu percaya takhayul, tapi ia juga tidak menyangka gargoyle itu ada, dan ia juga tidak pernah membayangkan Tor.

"Apakah ada hal lain yang harus saya lakukan? Anda menyebutkan tanda pelindung..."

Sejak kapan Catena menjadi ahli dalam ritual misterius? "Nah, di bangunan lain tempat ditemukannya sepatu dan benda-benda, selalu ada lebih dari satu, di tempat yang berbeda. Dan tanda yang diukir atau dibakar di dinding dan pintu serta batu perapian. Seolah-olah orang-orang yang percaya pada hal-hal seperti itu berpikir bahwa semakin banyak perlindungan yang mereka miliki, semakin baik, bukan?"

"Ya, saya tahu itu memang terjadi di penjara. Bangunan utamanya masih sangat asli, dengan sangat sedikit coretan di dinding kecuali di mana para tahanan mendapat izin untuk membuat karya seni, pada hari-hari terakhir sebelum ditutup. Tidak ada satu pun bekas narapidana yang terlihat di blok sel utama, atau di pos jaga. Namun, tembok-temboknya memiliki cerita yang berbeda. Terutama tembok utara, yang runtuh akibat badai setahun setelah dibangun."

Catena menganga. "Badai menghancurkan dinding batu kapur? Benarkah? Dinding itu pasti lebih tebal dari dinding tempat ini, dan hampir sama tingginya. Untuk berpikir embusan angin bisa merobohkannya... wow. Hanya... wow. Itu pasti membuat ledakan yang dahsyat. Anda pasti mendengarnya sampai bermil-mil jauhnya."

"Yah, mereka segera membangunnya kembali, mengingat itu adalah tembok penjara, dan mungkin sekarang lebih kuat daripada sebelumnya. Tentu saja, tidak ada yang bertahan selamanya. Tembok ini sudah waktunya untuk diperbaiki, runtuh di mana-mana. Jika Anda pernah menemukan seseorang yang memiliki pengalaman dengan dinding batu kapur era Victoria, bisakah Anda memberikan nomor teleponnya kepada saya? Sepertinya kebocoran yang meruntuhkan langit-langit saya terjadi di dinding, bukan di atap, jadi saya ingin mempekerjakannya terlebih dahulu, tetapi mereka juga menginginkan orang seperti itu di tempat kerja. Penjara mengajukan permohonan hibah untuk menutupi biaya, tetapi tidak mungkin mereka dapat mengeluarkan uang jika mereka tidak dapat menemukan seseorang yang mampu melakukan pekerjaan itu."

"Yah, saya kenal seseorang yang melakukan perbaikan pada dinding saya baru-baru ini..." Catena menggigit bibirnya. "Aku akan melihat apakah dia ada waktu." Bagaimana ia akan menjelaskan tentang Tor pada Anemone, ia tidak tahu, tapi jika Anemone tidak melihat Tor melakukan perbaikan, mungkin tidak apa-apa. Setidaknya untuk rumahnya. Kalau soal tembok penjara... dia harus membicarakannya dengan Tor.

Mata Anemone berbinar. "Jika Anda bisa mencarikan saya seorang tukang batu dengan keahlian yang tepat, saya akan membuatkan Anda makan malam selama sebulan penuh, saya akan sangat berterima kasih."

"Tidak perlu untuk itu." Meskipun dia tidak akan menolak tawaran itu. Terutama jika dia akhirnya hidup dengan beasiswa PhD tahun depan. "Saya bahkan tidak tahu apakah dia akan bisa membantu."

"Aku akan memasakkan makan malam untuknya juga!"

Catena harus tertawa mendengarnya. "Aku akan bertanya padanya. Lagi pula, aku harus pergi. Meninggalkan Anda dan kucing Anda untuk menikmati kebersamaan satu sama lain..."

Seolah-olah merasakan kehadirannya diperlukan, kucing itu menyeberangi dapur dan mulai melahap sesuatu yang berbau amis.

Anemon naik. "Terima kasih. Jika Anda mendengar hal lain, dari tradie Anda atau tentang sepatu itu, tolong beritahu saya. Tuhan tahu saya bisa mendapatkan sedikit keberuntungan, setelah tahun yang saya alami." Air mata berkilauan di matanya, tetapi tidak jatuh.

Simpati membuncah di dada Catena. Tor seharusnya ada di sini, melindungi Anemone. Dia telah kehilangan suaminya dan langit-langit rumahnya runtuh... dia jelas lebih pantas mendapatkan seorang pelindung daripada Catena. Tapi dari sedikit yang dia pelajari tentang gargoyle, sepertinya tidak seperti itu. Oh baiklah, dia akan menanyakan hal itu juga.

"Selamat malam."

Catena pulang ke rumah, tetapi ia bahkan belum sampai di depan pintu rumahnya sebelum ia memutuskan untuk menghabiskan lebih banyak waktu berbicara dengan janda yang kesepian itu. Hal pertama yang ia tanyakan adalah resep masakannya.

Empat Puluh

"Tor? Kau di sini?" Catena memanggil dengan lembut.

Tentu saja. Dia menyadari kehadirannya saat dia menancapkan kuncinya di pintu depan, meskipun dia tetap menjaga jarak saat dia mengunjungi tetangganya, seperti yang dia minta pada kunjungan pertamanya, pada malam badai.

Namun, ini berbeda. Ini adalah sebuah panggilan. Dia membutuhkannya, dan dia hanya bisa menurut.

"Tentu saja, Nona Kelly. Seperti biasa, saya siap melayani Anda." Dia melangkah keluar dari dinding dan membungkuk rendah. Sedikit kikuk, dia harus mengakui, tapi dia adalah seorang narapidana, bukan seorang punggawa. Bahkan jika dia tidak benar-benar mengetahuinya, dia harus tahu bahwa pria itu tidak sekelas dengannya.

Dia menggelengkan kepalanya perlahan. "Seorang gadis bisa terbiasa dengan hal ini. Kau memanjakanku, Tor, dan aku tidak yakin itu hal yang baik."

Tor memikirkan kata-katanya untuk beberapa saat, sebelum dia berkata, "Jika aku melindungimu, dan melakukan apa yang kamu inginkan, aku tidak melihat itu bisa menjadi hal yang buruk."

"Benar-benar memanjakan saya. Dan aku akan memintamu untuk melakukannya lagi. Aku semakin ketagihan untuk memilikimu."

Juga bukan hal yang buruk, pikir Tor tapi tidak mengatakannya. Jika dia punya pilihan antara dibuang kembali ke kegelapan atau melindungi Catena selama sisa hidupnya, dia akan memilih Catena setiap saat, dan dua kali pada hari Minggu.

Dia memejamkan matanya, seolah-olah pikirannya membuatnya sakit. "Saya tidak bisa tidur semalam, khawatir tentang apa yang ditemukan Anemone di langit-langit kamar sebelah, dan saya takut malam ini akan lebih buruk lagi, sekarang saya tahu lebih banyak lagi tentang praktik itu. Dapatkah Anda ... melihat-lihat sekeliling rumah, di rongga langit-langit dan di antara dinding, bahkan mungkin di bawah papan lantai, dan beritahu saya jika Anda menemukan sesuatu yang seharusnya tidak ada di sana? Seperti... sepatu, atau mayat atau... hal lain yang tidak menyenangkan yang harus saya ketahui."

Tor menyeringai. "Saya dapat meyakinkan Anda bahwa selama pekerjaan saya - yang sudah selesai. Rumahmu sudah selesai diperbaiki dan tanpa kebocoran, seperti baru - aku tidak menemukan sepatu atau pakaian lain, dan meskipun ada beberapa kerangka tikus yang kemungkinan besar sudah ada di bawah lantai selama beberapa dekade, aku membuang mayat-mayat itu ke tempat sampah beroda di belakang rumahmu. Tidak ada mayat di mana pun di rumah Anda."

Catena terkulai lemas dengan kelegaan yang terlihat. "Tor, kamu adalah seorang legenda." Dia melingkarkan lengannya di leher Tor dan memeluknya erat-erat.

Pelukan canggung lainnya. Dia menahan diri untuk tidak menepuk punggungnya kali ini, tetapi dia masih merasa kehilangan ketika pelukan itu berakhir. Aneh. Mendekatkan tubuh wanita itu ke tubuhnya tampak seperti hal yang paling alami di dunia, padahal dia tahu itu tidak alami.

Dia menarik diri. "Maaf. Kamu bukan pemeluk, kan? Aku harus mencoba mengingatnya dengan lebih baik."

Tor terbatuk-batuk. "Sebaliknya, Nona Kelly. Jika Anda merasa ingin memeluk saya, Anda dipersilakan untuk melakukannya, kapan pun Anda mau."

Matanya menyipit. "Ini adalah bagian dari bagian tentang berada di bawah perintah saya, bukan? Dunia telah berubah, dan ini bukan tentang siapa yang memberi perintah, setidaknya tidak jika menyangkut kontak pribadi. Jika Anda tidak ingin saya memeluk Anda, dan saya mencoba untuk memeluk Anda, Anda bisa menyuruh saya untuk pergi. Dan saya harus mendengarkan Anda, dan menghormati keinginan Anda."

Tor membutuhkan waktu lama untuk mempertimbangkan kata-katanya. Dunia memang telah berubah. Para penjaga penjara tidak akan setuju untuk membiarkannya pergi. Tidak, mereka akan menertawakannya, merantainya, dan mencambuknya, apa pun yang dia inginkan. Tidak hanya itu, Nona Kelly benar-benar bertolak belakang dengan para sipir di masa lalunya.

"Apakah saya mendapat izin dari Anda untuk berbicara terus terang, Nona Kelly?" tanyanya.

Catena menyeringai. "Tentu, aku tidak yakin aku pernah disuruh pergi oleh seorang pria dengan aksen Skotlandia yang seksi sebelumnya. Silahkan saja."

"Bahkan jika aku bukan pelindungmu, tujuanku untuk melayanimu, aku tidak akan bermimpi menyuruhmu pergi, seperti yang kau katakan." Dia menelan ludah. Tentu saja, sebagai seorang gargoyle, itu tidak membasahi tenggorokannya sedikit pun, tapi refleks itu masih ada. "Jika kau ingin memelukku, aku menyambut pelukanmu. Aku mungkin terbuat dari batu, batu hidup, tapi tetap saja batu, tapi aku bisa merasakan, dan aku sangat menyukai perasaan saat memelukmu." Dia berhenti sejenak, mempertimbangkan. "Mungkin itu sebagian karena Anda lebih mudah dilindungi saat saya memeluk Anda."

Lebih mudah untuk mencium, juga, jika kegilaan menguasainya lagi. Meskipun dia akan berhati-hati untuk memastikan hal itu tidak terjadi.

"Jadi, biar saya luruskan. Ya, Anda suka pelukan, dan tidak, kami tidak memiliki mayat di rumah ini," katanya.

Tor memiringkan kepalanya. "Benar dalam kedua hal itu, Nona Kelly."

"Nama saya Catena, atau Cat, seperti makhluk hitam kecil yang dimiliki Anemon yang berbau seperti ikan. Ingat? Gelar kehormatan adalah untuk orang brengsek seperti perdana menteri."

"Saya rasa saya tidak akan pernah berada dalam posisi untuk berbicara kepada perdana menteri, Nona... Catena."

"Semoga saja kita berdua seberuntung itu. Oh, dan aku hampir lupa. Semua pembicaraan tentang pelukan itu mengalihkan perhatianku. Kebocoran di rumah Anemone, yang membuat plafonnya jebol. Ada di dinding batu kapur di luar kamar mandinya. Saya melihatnya ketika saya naik ke langit-langit. Dia bilang dia sedang mencari tukang batu yang berpengalaman untuk memperbaikinya, dan karena kamu telah melakukan semua pekerjaan ini di sekitar rumahku, aku bertanya-tanya apakah kamu bersedia..."

"Jika itu adalah bagian dari bangunan tempat Anda tinggal, saya akan dengan senang hati melakukan perbaikan, dengan izin Anda, karena Anda tidak ingin saya memasuki rumah tetangga Anda, dan saya harus menghormati keinginan Anda."

Catena mengerutkan hidungnya. "Tidak, saya tidak bermaksud meminta bantuan Anda. Tentu saja, saya senang Anda telah melakukan semua pekerjaan di sini, yang akan saya bayar, jika dan ketika saya bisa. Kamar dan makan gratis selama yang Anda butuhkan, jika tidak ada yang lain. Tapi Anemone sedang mencari seorang tukang yang bisa dibayar untuk melakukan pekerjaan itu. Ditambah lagi, jika dia menyukainya, dia bekerja di sebuah bangunan bersejarah, lebih tua dari yang satu ini, yang membutuhkan banyak perbaikan, dan pemiliknya juga sedang mencari tukang untuk melakukan perbaikan di sana. Anda tidak perlu berkeliaran di sini, melindungi saya dari hal-hal bodoh apa pun yang bisa saya lakukan. Anda bisa kembali membangun sesuatu yang dapat bertahan dalam ujian waktu. Hal-hal yang penting."

Di ujung lidahnya, ia ingin mengatakan bahwa tidak ada yang lebih penting baginya selain melindunginya, tetapi ada kerinduan di dalam dadanya untuk lebih dari itu. Dia ingin terus melakukan apa yang telah dia lakukan, untuk membangun sebuah rumah di mana dia bisa aman dan bahagia dan di mana dia bisa tinggal bersamanya. Membagi kehidupannya, seperti...

Nafasnya mendesis melalui giginya. Dia tidak hanya ingin melindunginya, dia juga ingin menafkahinya. Menghabiskan setiap hari untuk membuatnya bahagia. Seperti seorang suami.

Yang mana dia tidak akan pernah bisa.

"Saya akan mengunjungi bangunan bersejarah ini, dan melihat apakah ada yang bisa dilakukan untuknya. Kemudian, jika saya bisa memperbaikinya, Anda dapat memberi tahu teman Anda."

Bahunya mengendur. Lega lagi. "Maukah kamu? Itu akan sangat bagus. Saya rasa Anemone tidak memiliki keputusan akhir tentang siapa yang akan melakukan perbaikan di sana, tapi jika Anda bisa setidaknya memberikan penawaran harga. Sial, atau daftar apa saja yang perlu dilakukan, mengingat tak satu pun dari kita yang tahu banyak tentang harga tukang batu atau bahkan batu kapur..."

"Di mana saya bisa menemukannya? Saya akan terbang malam ini, dan membuat penilaian."

"Itu adalah tembok penjara lama. Dia mengatakan sesuatu tentang bagaimana tembok-tembok itu runtuh tak lama setelah dibangun, dan ada tanda penyihir untuk melindunginya. Saya akan pergi ke sana mungkin sebelum bekerja atau saat istirahat makan siang besok, untuk melihat apakah saya bisa melihat ukirannya. Sekarang sudah terlambat, sudah gelap dan tidak aman..."

Penjara. Tempat yang sangat ditakutinya karena ia terjebak di dalamnya, ia telah melarikan diri, hanya untuk berakhir terjebak di sini. Tor tidak yakin bisa memasuki tempat itu tanpa ingatannya kembali menguasai dirinya. Dia tidak membayangkan mereka masih memiliki tiang cambuk - seperti yang dikatakan Catena, waktu telah berubah - tapi berdiri di sana, dengan tembok-tembok yang menjulang di atasnya, siap untuk menguburnya selamanya...

Tor menelan ludah lagi. Dia tidak berani bertanya, namun dia tidak sanggup melakukan ini tanpa dia. "Kita akan pergi malam ini, bersama-sama. Aku akan menjagamu, dan kita berdua akan melihat semua yang ingin kita lihat." Dan jika dia hancur berkeping-keping, kekuatan perintahnya untuk pulang, dan kebutuhan untuk melindunginya, akan cukup untuk mengesampingkan rasa takutnya dan memaksanya untuk melakukan apa yang diperlukan.

Matanya berbinar. "Kau akan membawaku dalam tur pribadi ke dalam tembok penjara malam ini? Dengan semua pengetahuan ahli Anda tentang bagaimana segala sesuatunya dibangun saat itu? Persetan ya, biarkan aku mengambil mantelku, dan ayo kita pergi!"

Tor berkedip. Dia tidak menyangka Catena akan setuju dengan mudah. Setidaknya, jika dia harus mengenang kembali masa lalunya yang terburuk, dia bisa melakukannya dengan Catena dalam pelukannya. Tidak ada dan tidak ada yang bisa meningkatkan keberaniannya seperti yang dilakukan Catena.

EMPAT PULUH SATU

Dia mungkin dilapisi begitu banyak lapisan, udara dingin tidak akan pernah bisa menembus, tapi dia masih bisa merasakan setiap otot di sepanjang tubuh Tor, keras di punggungnya. Hangat dan hangat, tidak seperti batu sama sekali. Dan ketika dia terbang... dia merasa sangat aman dalam pelukannya, satu-satunya yang dia pikirkan tentang penurunan di bawah adalah betapa indahnya pemandangan dari atas sini.

Sihir Gargoyle, dia memutuskan. Memang harus begitu. Keberadaan gargoyle menyiratkan adanya sihir, dan meskipun dia tidak pernah percaya pada hal-hal seperti itu sebelumnya, sulit untuk menyangkal bahwa dia terbang di udara dalam pelukan gargoyle tercantik yang pernah dilihatnya.

Callie tidak akan pernah menyebut gargoyle jelek jika dia bertemu dengan Tor.

Mereka mendarat di sepetak kegelapan di luar tembok, di mana rumput yang membeku berderak di bawah kaki.

Tor menatap dinding sejenak, sebelum dia tertawa terbahak-bahak. Dia berguling, menampar pahanya, hingga berguling-guling di atas rumput, masih tertawa terbahak-bahak.

"Ada apa?" Dia tidak bisa melihat sesuatu yang lucu. Tentu saja tidak ada yang bisa membuatnya berguling-guling di tanah, tertawa terbahak-bahak.

"Mereka membangun penopang! Penopang berdarah! Demi Tuhan, saya berharap saya ada di sini untuk melihatnya. Saya mengatakan kepada mereka bahwa tembok-tembok itu akan runtuh kecuali mereka membangun penopang. Benarkah? Katakan padaku, apakah tembok-tembok mereka runtuh, seperti yang saya katakan?"

"Anemone mengatakan bahwa mereka jatuh hanya setahun setelah dibangun," Catena mengakui.

Hal ini hanya membuat Tor tertawa lebih keras, menampar tanah dengan keras hingga meninggalkan jejak tangan di tanah yang basah.

Tanpa peringatan, dia melompat berdiri. "Apakah mereka membangunnya di dinding selatan juga? Aku harus melihat." Dia berada setengah meter di udara, mengepakkan sayapnya dengan keras, sebelum Catena sempat berkedip.

"Tunggu! Anda tidak bisa meninggalkan saya sendirian di sini!" teriaknya sambil menggapai ke atas.

Tor menyeringai, mencondongkan tubuhnya ke depan, lalu menukik. Dia menangkapnya di pinggang sebelum melesat ke udara, melewati dinding dengan kawat berduri yang berkarat dan menuju ke halaman penjara.

Ini adalah bagian dari penjara yang tidak dapat ditanggung oleh Catena. Ia memejamkan matanya, tapi tetap saja ia melihat tiang cambuk yang ia benci, setiap kali kunjungan sekolah ke tempat yang mengerikan ini. Anemone telah memberitahunya bahwa tiang cambuk itu bukanlah tiang cambuk yang asli, berlumuran darah begitu banyak tahanan, yang disimpan di ruangan yang dikontrol suhu dan berisi benda-benda paling halus dalam koleksi museum. Pakaian narapidana, cambuk, belenggu, dan jerat yang disimpan melingkar untuk persiapan tiang gantungan.

Gemuruh tawa Tor membuatnya membuka matanya lagi. Mereka melayang di dekat bagian atas dinding selatan, di mana dia bisa melihat Fremantle terbentang di bawahnya, sampai ke laut yang gelap gulita.

"Lebih banyak penopang?" tebak dia.

"Ya! Lihatlah mereka semua! Dan ditutupi dengan tanda saya, seolah-olah berpura-pura bahwa itu adalah pekerjaan saya akan cukup untuk membuat mereka tetap berdiri! Bodoh!" Dia mengulurkan tangan dan menelusuri apa yang tampak seperti bunga berkelopak enam dalam lingkaran. "Di sini, di sini, dan di sini, dan di sini juga!"

Bahkan Catena pun bisa melihat apa yang dimaksud Anemone. Dinding dan penopang memiliki tanda yang sama, setiap beberapa meter. Tanda itu dibuat miring sedemikian rupa sehingga hanya bisa dilihat oleh seseorang yang bekerja di ketinggian, karena tidak akan terlihat dari permukaan tanah.

Tanda yang tersembunyi, sama seperti sepatu. Mereka ada di mana-mana. Sebuah kota yang dibangun di atas ilmu sihir rahasia, tepat di depan mata. Seseorang harus mempelajari hal ini, dan mengungkap sejarah tersembunyi ini agar lebih banyak orang mengetahuinya.

Itu seperti grafiti di Pompeii, tanda kapur polos di dinding, yang diawetkan selama dua ribu tahun untuk memberi tahu tanggal letusan yang sebenarnya, dan bukan tanggal palsu yang dicatat dalam memoar para cendekiawan kuno, bertahun-tahun kemudian. Pliny, jika dia mengingatnya dengan benar.

Dia bertanya-tanya rahasia apa lagi yang disembunyikan tempat ini. Penjara itu, dan semua bangunan lain yang dibangun para narapidana di Perth dan Fremantle.

Mungkin Tor akan tahu.

"Jika ini adalah tanda Anda, tetapi Anda tidak menaruhnya di sini... di mana saya bisa melihat yang asli?" tanyanya.

"Rumah Penjaga Gerbang. Rumah jaga yang tepat, yang satu ini, seperti yang akan saya bangun untuk menjaga bagian bawah kastil. Sudut-sudutnya harus sempurna untuk karya hiasan seperti ini, itulah sebabnya kau harus memiliki potongan lingkaran untuk membandingkannya." Tor mengepakkan sayapnya - sekali, dua kali - dan membersihkan dinding, meletakkannya di jalan di depan pintu masuk penjara. "Itu dia. Diukir oleh tanganku sendiri, itu."

Catena bisa melihat perbedaannya. Tidak seperti tanda goresan di dinding, tanda yang satu ini telah diukir dalam-dalam oleh seseorang dengan tangan yang mantap dan pasti. Tanda ini tidak dimaksudkan untuk dirahasiakan, ini adalah sebuah tanda tangan.

"Apa artinya?" tanyanya sambil mengusap-usapnya. Ia tidak percaya bahwa ia bisa berdiri di sini, berbicara dengan orang yang mengukirnya hampir dua abad sebelumnya, tetapi ini adalah hal yang ia impikan sejak kecil. Rasanya seperti mengetahui bahwa perjalanan waktu itu benar-benar mungkin.

"Ini berarti saya berhasil. Bahwa rumah itu akan berdiri kokoh menghadapi badai apa pun. Bahwa itu tidak akan jatuh di sekitar telinga penghuninya karena pekerjaan yang buruk. Ini bukan sebuah permohonan perlindungan, menggoreskan sebuah rune ajaib untuk memanggil roh-roh agar turun dan menopang tembok, karena batu-batu itu sendiri tidak mampu melakukannya. Di sana tertulis, "Aku yang membuat ini, dan ini akan tetap berdiri."

Mulut Catena ternganga. Tor terlihat berdiri lebih tinggi, bahunya lebih lebar dari sebelumnya. Atau mungkin itu terlihat dari kemiringan kepa lanya... dia tampak bangga dengan karyanya, dan memang seharusnya begitu, jika karyanya mampu bertahan dalam ujian waktu, sementara kreasi buatan narapidana di belakangnya hancur lebur dalam badai pertama.

Apa yang diperlukan untuk mematahkan seorang pria dengan kekuatan yang menjulang tinggi? Dia bergidik ngeri membayangkannya. Sesuatu yang mengerikan. Hanya sesuatu yang sangat mengerikan yang bisa menghancurkan semangatnya yang sekeras batu, membuatnya menundukkan kepalanya begitu dalam hingga dia tidak berani bangkit lagi sampai sekarang.

Sekarang, dia menjadi dirinya sendiri lagi, atau hampir.

Tujuan pria ini bukan untuk melayani, meskipun setiap inci dari dirinya berteriak bahwa dia bisa dan akan melindungi.

Mulut Catena lebih kering daripada batu-batu di belakangnya. Tor yang ada di hadapannya adalah segala sesuatu yang dia impikan dalam diri seorang pria. Seorang pria yang lebih dari yang bisa dia harapkan.

"Tor"? Apa yang akan kukatakan pada Anemone? Saat dia bertanya apakah kamu bisa memperbaiki dindingnya?"

Ia menduga ia sudah tahu apa jawabannya, tetapi ia ingin mendengarnya langsung dari sang suami.

"Satu-satunya cara untuk memperbaiki tembok-tembok yang runtuh itu adalah dengan meruntuhkannya dan membangunnya kembali. Atau membiarkannya runtuh, seperti yang jelas-jelas mereka inginkan. Atau, saya bisa melakukan apa yang saya lakukan di rumah Anda, dan dengan susah payah menambalnya, sehingga mereka bisa bertahan selama satu abad lagi, tetapi tentu saja tidak lebih dari itu." Dia mengamatinya dengan seksama. "Apakah kamu kedinginan, dan tidak sabar untuk kembali ke rumah? Apakah kamu sudah cukup melihat batu-batu yang runtuh dan takhayul yang konyol?"

Sebenarnya, dia ingin melihat lebih banyak lagi, karena benih ide telah tumbuh di dalam benaknya, meskipun dia belum menyuarakannya. Semua pada waktu yang tepat.

"Saya tidak kedinginan, tapi saya pikir kita sudah selesai di sini. Jika Anda siap untuk terbang pulang, saya senang untuk terbang bersama Anda." Kapan saja.

Saat Tor mengangkatnya dan naik ke udara, dia berharap mereka bisa terbang ke mana-mana bersama.

Kemudian lagi, hal itu mungkin akan membuat internet dipenuhi dengan video-video mereka, dan satu video Moth Man sudah lebih dari cukup.

Dia mengintip ke jalanan di bawah mereka, mencari siapa pun yang mengarahkan kamera ke atas, tetapi saat itu sudah mendekati tengah malam pada malam minggu, jadi tidak ada seorang pun yang keluar untuk merusak malamnya.

Jadi, ia hanya menyandarkan kepalanya di dada Tor yang lebar, dan menikmati perjalanan.

Empat Puluh Dua

Jadwal kerja Catena mengharuskannya bekerja akhir pekan ini, jadi dia mengunjungi Maria pada hari liburnya. Pikiran Maria lebih banyak mengembara dari biasanya hari ini, jadi Catena hanya duduk untuk mendengarkan.

Kemudian, ketika Maria berhenti sejenak untuk membebaskan giginya dari karamel Tim Tam, Catena memutuskan untuk bertanya.

"Apa yang kamu ketahui tentang gargoyle, Maria?"

Meneguk kopi dalam jumlah banyak membuat Maria membuka mulutnya lagi, dan mengibas-ngibaskan jarinya.

"Saya yakin Anda berpikir bahwa satu-satunya jenis gargoyle adalah yang Anda lihat di gereja-gereja abad pertengahan, bukan? Nah, Anda salah. Gargoyle sudah ada sejak peradaban paling awal. Mereka telah melindungi bangunan selama ada bangunan. Mesir, Timur Tengah, bahkan Pompeii memiliki gargoyle, tapi mereka tidak terlihat seperti makhluk buruk rupa yang ada di atas katedral di Paris. Oh, tidak. Mereka adalah para pembela yang ganas, dan mereka adalah singa dan naga dengan wajah manusia. Orang-orang percaya bahwa mereka akan bangkit, benar-benar hidup kembali, dan mempertahankan bangunan yang mereka jaga.

"Saya ingat ketika saya mengerjakan penggalian di Pompeii, sebuah situs yang telah digali oleh para pemburu harta karun saat kota ini pertama kali ditemukan, kemudian dikubur kembali. Kami, tentu saja, melakukan hal itu dengan benar, secara sistematis. Malam pertama, sebelum kami mulai bekerja, kami semua minum-minum sambil menceritakan apa yang kami harapkan untuk ditemukan. Ini adalah permainan yang Anda mainkan, meskipun lebih sering daripada tidak, tidak ada yang benar-benar menang, tetapi ketika ada yang menang, kami semua ikut bermain dan membuat pemenangnya mabuk berat ketika hal yang mereka harapkan ditemukan. Saya tidak ingat apa yang saya harapkan - saya tidak menang, jadi tidak masalah.

"Tidak, itu adalah seorang anak laki-laki lokal, yang pulang pada liburan musim panas dari universitas, saya pikir, yang memiliki keinginan paling aneh. Dia menceritakan kisah tentang seorang wanita barbar, putri dari seorang pria merdeka yang makmur, yang mendirikan pemandian kelas atas di Pompeii. Dia memiliki tiga kekasih - seorang gladiator, seorang seniman, dan seorang insinyur. Dia mencintai ketiganya dengan setara, namun masing-masing pria menginginkannya untuk diri mereka sendiri. Jadi suatu hari, mereka memainkan sebuah permainan kebetulan, yang mengatakan bahwa pemenangnya bisa memiliki dia. Mereka pun bermain, tapi sebelum mereka bisa menentukan pemenangnya, sebuah gempa bumi merobohkan rumah yang menimpa mereka, dan ketiganya tewas. Ketika dia tiba di rumah, dia sangat terpukul, tapi, sebagai penyihir barbar, dia tahu bagaimana cara membaca mantra untuk membangkitkan kekasihnya dari kematian, dan mengikat mereka selamanya. Masalahnya, dia harus mengubur mereka di bawah rumahnya, sebelum dia bisa menghidupkan mereka kembali, dan hanya ada begitu banyak tukang bangunan di Pompeii, dan mereka sangat diminati setelah gempa bumi. Sebagai putri seorang budak, dan juga seorang barbar, ia berada di urutan terbawah dalam daftar, dan ia harus menunggu bertahun-tahun untuk mendapatkan giliran. Akhirnya, rumahnya dibangun kembali, dan dia merencanakan sebuah pesta yang megah untuk malam yang dia rencanakan untuk menghidupkan kembali kekasihnya. Hanya saja gunung berapi meletus, dan dia terpaksa melarikan diri.. . meninggalkan para kekasihnya, masih menunggunya untuk menghidupkan kembali mereka.

"Dia tumbuh besar dengan cerita itu, bahkan mungkin dia adalah keturunan dari wanita itu, tapi yang ingin dia temukan adalah jasad ketiga pria itu."

Catena mencondongkan tubuh ke depan, menyeimbangkan diri di tepi kursinya. "Jadi, apakah kamu menemukan mereka?"

Maria tertawa. "Tentu saja tidak! Itu hanya cerita konyol. Tapi setiap malam, kami selalu kembali ke sana. Berdebat tentang pria mana yang akan kami pilih dari ketiga kekasihnya. Apakah Anda menginginkan pria yang akan mengisi rumah Anda dengan karya seni yang indah, atau membangun rumah Anda dengan hal-hal yang paling modern dan luar biasa, atau seorang gladiator, yang semuanya lentur dan atletis. Saya membayangkan hubungan seksnya pasti luar biasa."

Ada alasan mengapa Maria tidak pernah memiliki teman sekamar, meskipun ada ruang di kamar ini untuk dua orang. Dia telah membuat skandal bagi banyak wanita tua dengan pembicaraan seksnya yang terbuka sehingga para perawat tahu untuk tidak menempatkan orang lain bersamanya, atau berisiko terkena serangan jantung.

"Itu mengingatkan saya pada sebuah kastil yang hancur di Inggris tempat saya bekerja selama satu musim. Saya tidak ingat yang mana. Tapi mereka memiliki kapel kecil yang atapnya hilang. Di pub desa, mereka menceritakan berbagai macam cerita tentang kastil itu. Bahwa kekayaan keluarga itu telah hilang saat penguasa setempat pergi dalam perang salib, meninggalkan istrinya untuk menjaga benteng itu. Dia melakukannya untuk sementara waktu, berdoa setiap hari dan setiap malam di kapel kecil, yang tampaknya memiliki gargoyle di atapnya.

"Bagaimanapun, pada suatu malam dia mengasingkan diri ke kapel, berniat untuk berdoa semalaman untuk suaminya. Keesokan paginya, ketika salah satu pelayan masuk untuk membawakan sarapannya, dia dan gargoyle itu sudah tidak ada. Ternyata alih-alih berdoa untuk suaminya, dia menghabiskan malam-malam itu dengan tidur bersama gargoyle tersebut, sampai mereka memutuskan untuk melarikan diri bersama. Dari situlah saya mengetahui bahwa gargoyle memiliki reputasi sebagai kekasih yang legendaris."

Catena merasakan wajahnya menjadi panas. Jika gargoyle wanita itu terlihat seperti Tor, tidak heran dia tidak bisa menolak. Terutama dengan suaminya yang membunuh orang atas nama agama.

Maria menghela napas. "Anda tahu, jika saya memiliki satu penyesalan dalam hidup, itu adalah bahwa saya tidak pernah bisa merayu gargoyle. Dan aku tidak pernah tergoda olehnya. Ketika dia sudah cukup besar, aku harus memberitahu putri baptisku itu. Dia harus mencoba untuk hidup tanpa penyesalan dan, jika ada kesempatan, dia harus meraih kehidupan dengan kedua tangannya, dan merayu gargoyle."

Tor? Maria pikir dia harus merayu Tor?

"Apa maksudmu, Maria?"

Maria menyipitkan mata padanya. "Saya tidak mengenal Anda. Siapa kamu? Mengapa tidak ada yang mengunjungiku lagi? Saya ingin bertemu putri baptis saya. Jangan sentuh Tim Tams-ku, itu kesukaannya." Jari-jari Maria mencakar bungkus biskuit yang sudah kosong, mendekapnya di dada.

Catena menghela napas, namun tetap tersenyum. "Semoga akhir pekanmu menyenangkan, Maria. Sampai jumpa minggu depan. Ada restoran Persia baru di dekat rumahku, dan mereka membuat manisan yang paling enak. Aku harus membawakanmu beberapa untuk dicicipi." Dia mencium pipi Maria, lalu bangkit untuk pergi.

Dia masih menggeleng-gelengkan kepalanya saat sampai di tempat parkir. Begitu banyak cerita liar - dan berapa banyak yang benar? Bahwa Maria pernah mendengar cerita-cerita seperti itu dalam perjalanannya, Catena tidak meragukannya, tetapi apakah ada kebenaran di dalamnya...

Merayu gargoyle. Seolah-olah dia membutuhkan dorongan. Tor sudah muncul dalam mimpinya setiap malam. Untuk memilikinya benar-benar di tempat tidurnya...

Tidak, itu tidak akan pernah terjadi. Itu hanya untuk para wanita tentara salib di kastil dan nyonya-nyonya Romawi yang kaya dengan pemandian mereka sendiri. Atau roman pahlawan dalam buku.

Tapi dia selalu bisa bermimpi...

Empat Puluh Tiga

"Hei, bisakah kamu menemuiku di kantorku jika ada waktu?" Callie bertanya, berdiri di lobi perpustakaan, bersandar pada salah satu gerbang yang akan berdecit jika ada orang yang mencoba meninggalkan perpustakaan dengan membawa buku yang tidak dipinjamnya.

Ketakutan mengental kopi di dalam perut Catena. "Ada apa?" Itu pasti berita buruk.

"Saya memukul motherlode pada sepatu Anda, tapi barang ini gelap. Kurangi makan siang Anda dalam keadaan gelap, dan itu hanya dalam bahasa Inggris. Dalam beberapa teks Latin saya. .. hal itu akan membuat Anda bermimpi buruk. Lebih baik saya ceritakan semuanya di kantor saya, dengan pintu tertutup. Saya tidak ingin ada siswa yang mendengarnya, dan memutuskan untuk mencoba hal itu selama liburan. Hal terbaik yang mungkin terjadi adalah mereka ditangkap."

Tidak ada yang lebih buruk daripada Maria yang menyuruhnya tidur dengan gargoyle, bukan?

"Tentu," kata Catena. "Saya akan mampir saat Emily, gadis yang bekerja shift malam, tiba."

Sore hari berlalu dengan cepat, dipercepat oleh serbuan siswa yang tertarik dengan Moth Men sekali lagi. Seolah-olah gelombang kedua siswa yang mengejar konspirasi ini telah terlalu dalam belajar untuk memperhatikan video viral saat pertama kali dirilis, dan video itu beredar untuk kedua kalinya. Kecuali jika ada video baru...

Catena berhenti sejenak, hendak memberi tahu siswa di depannya di mana menemukan toko buku fiksi terdekat, saat melihat Emily, salah satu asisten biasa, melenggang masuk sambil melambaikan tangan dan tersenyum.

Emily menunggu muridnya pergi sebelum dia bertanya, "Jadi, di mana tepatnya buku-buku Moth Man?"

Catena menepuk-nepuknya dengan setengah hati dengan buku catatan terdekat. "Kau tahu jawabannya. Sama seperti yang terakhir kali."

"Aww...tapi dia terlihat begitu nyata dalam video! Begitu gelap dan misterius, dan gerakan-gerakannya! Saya tidak akan menolak berdansa dengannya," goda Emily.

Catena menggelengkan kepalanya. "Begini saja. Jika kamu bisa menangkap Manusia Ngengat, kita bisa menaruhnya di pojok sebagai pameran khusus, untuk dilihat oleh semua siswa."

"Anda harus menawarkan hadiah yang lebih baik daripada yang ditawarkan untuknya untuk itu. Maksud saya, kopi gratis selama setahun cukup sulit untuk ditandingi."

"Saya mendapatkan kopi gratis dari universitas. Saya baik-baik saja," kata Catena sambil mengangkat tasnya ke bahunya. "Ada setumpuk buku yang masih menunggu di tempat pengembalian. Simpanlah jika kamu punya waktu, tapi tidak apa-apa jika kamu meninggalkannya untuk saya kerjakan besok pagi. Saya pergi dulu."

Mereka mengucapkan selamat tinggal dan Catena pun pergi, melintasi halaman menuju kantor Callie.

Dia mengetuk pintu dengan ragu-ragu.

"Saya sibuk! Proyek penelitian yang sangat penting dengan tenggat waktu!" Callie menelepon.

"Kalau begitu, saya akan kembali lagi besok," kata Catena sambil berbalik dan berjalan pergi.

Pintu pun terbuka. Callie meraih lengannya dan menariknya ke dalam, sebelum membanting pintu di belakangnya.

Catena melepaskan diri dari cengkeraman Callie. "Proyek yang sangat penting dengan tenggat waktu, ya?"

Callie mengangkat bahu. "Yah, itu bisa jadi sangat penting. Aku tidak akan tahu kecuali aku sudah menerjemahkan semuanya, kan? Sejauh ini hanya tentang cara memanggil iblis dan pelayan sihir lainnya, dengan membuka pintu ke alam lain, tapi tidak ada penjelasan tentang cara menutupnya lagi setelah kau melakukannya. Saya pikir penting untuk mengetahui bagaimana cara menutup gerbang neraka, bukan?"

"Untuk siapa proyek penerjemahan ini?"

Callie menyeringai dengan nakal. "Kau, tentu saja. Kau memang meminta hal-hal tentang pengorbanan yayasan. Pintu hanyalah permulaan."

Catena menghempaskan dirinya ke kursi pengunjung Callie. "Oke, pukul aku dengan itu."

"Baiklah, kalau begitu! Nah, hal-hal yang ada di permukaan mungkin sudah Anda temukan. Ada banyak artikel dalam literatur, dan bahkan beberapa tesis. Semuanya terbaru, dalam satu dekade terakhir atau lebih. Jadi, jika Anda sedang mencari sesuatu untuk dimasukkan ke dalam proposal penelitian atau hibah, Anda beruntung. Ini seperti dunia barat di luar sana - pertaruhkan klaim Anda, dan semoga berhasil."

Apakah gelar doktornya tentang sepatu? Callie pasti sedang bermimpi untuk menyarankan hal itu.

"Ini hanyalah bantuan untuk tetangga saya, dan mungkin sedikit dari pikiran saya sendiri. Maksud saya, kami tinggal di gedung yang sama, yang terbagi menjadi dua apartemen. Jadi, jika separuhnya terkutuk, Anda bisa yakin separuhnya juga terkutuk."

Callie bertepuk tangan dengan sangat gembira. "Oh, kamu belum tahu setengahnya! Kutukan, anak musim panasku yang manis, tidak ada apa-apanya dibandingkan dengan sihir gelap yang telah kugali. Bahkan..."

Pintu berayun terbuka, dan salah satu profesor teologi berdiri di sana, dengan kacamata yang setengah menutupi hidungnya saat ia menatap ponselnya. "Callie, saya ingin kamu melakukan penelitian untuk saya. Ada semacam makhluk yang disebut Manusia Ngengat, dan semua mahasiswa saya bertanya tentang hal itu. Aku harus tahu dari neraka mana makhluk itu berasal." Dia menatapnya, seolah-olah mengharapkannya untuk menjawabnya saat itu juga.

Callie bangkit dari tempat duduknya dan menyeberangi kantor untuk berdiri di depannya, dengan gagang pintu di tangan. "Omong kosong, Christian. Manusia Ngengat tidak ada. Sekarang, jika kau mengijinkan, aku sedang berada di tengah-tengah pertemuan penting..."

Profesor Christian mengulurkan ponselnya, melambai-lambaikannya seperti sebuah dupa pada misa Paskah. "Tetapi ada sebuah video, dan itu jelas-jelas setan bersayap yang sedang menari! Bagaimana saya bisa memiliki kredibilitas dengan murid-murid saya jika saya tidak dapat mengidentifikasi semua setan di neraka?"

"Saya tidak dapat menolongmu, Christian. Lagipula, aku bukan ahli setan. Saya hanya dosen bahasa Latin. Sekarang, jika Anda ingin teks yang Anda temukan dalam penelitian Anda diterjemahkan, maka saya mungkin bisa membantu Anda, tetapi saya sangat sibuk saat ini, jadi Anda harus menunggu waktu kosong dalam jadwal saya, sama seperti yang lainnya."

Profesor Christian menatap Catena dengan penuh perhatian. "Bukankah kamu pustakawan junior? Kau pasti bisa membantuku mencari tahu tentang hal-hal ini."

Sekarang dia ingat di mana dia bertemu Profesor Christian sebelumnya. Dia datang ke perpustakaan, menuntutnya untuk memberikan buku-buku tentang ritual pemanggilan setan modern gaya geng baru ini. Butuh waktu lebih dari satu jam baginya untuk mengetahui apa yang dimaksud dengan Gangnam Style, dan empat puluh lima menit yang lebih menyiksa lagi untuk menunjukkan kepadanya cara mengakses video musik di salah satu komputer perpustakaan.

Seolah-olah langit telah mendengar doa yang belum sempat ia ucapkan, telepon genggam Catena berbunyi. Ia bahkan tidak melirik ke layarnya. Bahkan jika itu adalah seorang penipu asing yang berpura-pura berasal dari departemen pemerintah palsu, yang mengancam akan datang dan menangkapnya, itu akan menjadi sebuah kemajuan dibandingkan berurusan dengan Profesor Christian.

Catena mengambil barang-barangnya dan berlari menuju pintu. "Aku benar-benar harus mengambil ini. Aku akan bicara denganmu nanti, Callie!" teriaknya sambil berlari kecil.

Itu adalah nomor asing, dia menyadari. Oh ya, dia bisa menutup teleponnya, di tengah-tengah ancaman. "Halo?" dia memberanikan diri.

"Kucing! Senang sekali mendengar suaramu!"

Catena berkedip. "Apakah itu Sybil?"

"Itu aku! Baru saja kembali dari sampah beku di Kutub Utara, kembali ke peradaban untuk sementara waktu sebelum mereka mengirim saya kembali ke lokasi dengan muatan persediaan berikutnya. Apakah Anda percaya bahwa di zaman sekarang ini, kita harus membawa semuanya dengan keledai?"

Saat Sybil mulai menggambarkan pekerjaan sehari-hari di penggalian yang dia lakukan secara sukarela selama musim panas di Kutub Utara, di sebuah lubang es yang mencair yang telah membeku selama lebih dari seribu tahun.

"Kedengarannya luar biasa," Catena mengakui. Itu adalah jenis petualangan yang akan dilakukan Maria.

"Saya bahkan belum menceritakan bagian terbaiknya! Saya telah... bertemu dengan seseoran g... dan saya mungkin akan tinggal untuk satu musim lagi, untuk melihat apa lagi yang bisa kami temukan. Saya belajar banyak hal," kata Sybil. "Bagaimana dengan kamu? Apakah Anda sudah memutuskan proyek PhD, atau apakah Alethea membujuk Anda untuk bergabung dengan perusahaannya sebagai konsultan?"

"Saya sedang menyelesaikan proposal proyek saya minggu ini. Saya pasti ingin mengambil gelar PhD saya tahun depan, dan tidak, Alethea tidak berhasil membujuk saya untuk menggali mayat bersamanya. Apa kau tahu proyek terbaru mereka adalah menggali pemakaman kolonial tua?" Catena bergidik. Ia khawatir mungkin akan menemukan mayat yang terkubur di rumahnya. Menggali seluruh pemakaman yang penuh dengan kerangka itu terlalu menyeramkan.

"Nah, Anda tahu itu adalah cawan suci di sini. Mayat. Yang membeku. Mereka berharap bisa menemukan mumi es lain seperti Otzi. Temanku bilang kita punya peluang bagus untuk menemukannya juga, karena ini adalah rute perdagangan dan perampokan kuno. Thor tahu banyak tentang sejarah Viking..."

Catena menggelengkan kepalanya. Jadi pacar barunya adalah sesama arkeolog. Maria telah memperingatkannya untuk tidak terlibat dengan rekan-rekannya. Yah, serius, bagaimanapun juga. Beberapa cerita yang dia ceritakan tentang pria-pria yang dia kencani atau tiduri akan membuat rambut ibunya meringkuk, jika ibunya tahu. Tapi dia tidak pernah serius dengan salah satu dari mereka. Hanya sedikit bersenang-senang, katanya.

"Ngomong-ngomong, bagaimana dengan Anda? Apa kau sudah bertemu seseorang? Dan apa yang kudengar tentang Anda yang memiliki masalah ngengat? Saya mencoba menonton videonya, tetapi saya hanya melihat beberapa detik gerakannya sebelum video itu berhenti. Koneksi internet di sini terus terputus. Mungkin terasa seperti peradaban setelah lokasi penggalian, tetapi sebenarnya hanya ada beberapa ruang penyimpanan dan laboratorium, di pinggiran kota kecil. Jadi, apakah Anda akan menceritakan tentang dia?"

Bahkan di belahan dunia lain, Sybil pernah mendengar tentang Manusia Ngengat.

"Tidak ada yang perlu diceritakan, sungguh. Hanya video konyol tentang seorang pria dengan mantel yang mereka anggap sebagai monster. Sejujurnya, dia bukan monster. Dia pria paling manis dan paling sopan yang pernah kutemui. Di a..." Tidak, dia tidak bisa menceritakan tentang Tor. "Kami hanya berteman," ia menyelesaikannya dengan lesu.

"Uh huh. Tentu. Sama seperti aku dan Thor. Saya ingin tahu di mana dia belajar menari seperti itu. Aku berharap bisa bertemu dengannya saat aku pulang. Atau kita bisa melakukan video call setelah selesai. Saya ingin mendengar setiap detailnya." Sementara Sybil berhenti, Catena mendengar suara-suara yang tidak jelas di latar belakang. Kemudian Sybil kembali. "Maaf, Cat, aku harus pergi. Thor bilang salah satu artefak hilang, dan itu sangat penting. Sampai jumpa lagi nanti. Sampai jumpa."

"Sampai jumpa," Catena berteriak, tetapi Sybil sudah pergi.

Video itu benar-benar telah menjadi viral, jika Sybil melihatnya.

Baru setelah dia berada di tengah perjalanan pulang, kata-kata profesor itu mengena di benaknya - sebuah video yang menampilkan setan bersayap sedang menari. Bukankah itu juga yang dikatakan Emily? Ingin berdansa dengan Manusia Ngengat? Bahkan Sybil pun pernah mengatakan sesuatu tentang gerakan Manusia Ngengat. Video yang menyebabkan semua masalah itu tidak melibatkan tarian - hanya dia, Tor dan pengamen dalam kegelapan.

Kesibukan baru ini pasti berarti ada video baru.

Langkah Catena semakin cepat, menabuh genderang perang di trotoar. Tor akan berada dalam masalah besar ketika dia sampai di rumah.

Empat Puluh Empat

Kafe di seberang jalan kembali penuh sesak malam ini, dengan orang-orang yang tumpah ruah ke jalan setapak. Catena mengembuskan napas tidak setuju. Bukankah mereka punya rumah yang harus dituju? Lagipula, siapa yang mau minum kopi selarut ini?

Dia menyeberang jalan untuk menghindari mereka, senang melihat perbaikan jalan telah selesai dan pagar-pagar telah diturunkan, sehingga lalu lintas dapat mengalir kembali. Di bawah kerlap-kerlip lampu papan nama toko Tayla, ia merogoh tasnya untuk mengambil kuncinya.

"Nona! Nona!"

"Apakah Anda mengenal Manusia Ngengat?"

"Apakah Manusia Ngengat menari untukmu?"

"Siapa nama Manusia Ngengat, Nona?"

Sial.

Tidak ada lagi pagar yang berarti tidak ada yang bisa menghentikan kerumunan orang untuk menyeberang jalan dan mengelilinginya, menghalangi aksesnya ke pintu depan rumahnya.

Pasti ada video baru. Dia akan membunuh Tor ketika dia masuk ke dalam. "Tor," dia mengumpat dalam hati.

Hembusan angin mengacak-acak mantelnya, sebelum sesuatu yang hangat dan padat menggantikannya.

"Sekarang, semuanya, ini sudah larut, dan wanita itu ingin masuk ke dalam. Beri ruang untuk wanita itu!" Kalimat berwibawa di bawah ini bisa jadi bukan milik orang lain.

Sebuah tirai wol gelap muncul di antara Catena dan kerumunan orang. Wol hangat, terbungkus sepasang lengan yang kuat yang mendorong dengan mudah melewati orang-orang, membersihkan jalannya.

"Terima kasih, Tor," dia menghela napas.

"Hanya melakukan pekerjaan saya," katanya. "Sekarang, apakah Anda sudah membawa kuncinya?"

Dia mengangkatnya, masih tergenggam erat di tangannya yang gemetar. Kemudian dia berhasil menguasai dirinya, dan memasukkan kunci ke dalam gembok. Dia membuka pintunya, lalu merangsek masuk, sementara Tor melindunginya dari pandangan.

Rasanya seperti neraka yang kekal, tetapi mungkin hanya beberapa detik saja, sebelum ia dan Tor berdiri sendirian di foyer, terpisah dari kerumunan orang oleh pintu lampu yang tertutup.

Barulah Catena berani bernapas lagi. Ia hanya ingin merebahkan diri ke pelukan Tor dan tetap berada di sana hingga ia berhenti gemetar, tetapi mereka masih memiliki penonton di luar, yang mengintip dari balik kaca-kaca berwarna.

Selain itu, dia mungkin telah menyelamatkannya dari para reporter itu, tetapi dia tidak bisa melupakan bahwa dialah alasan mereka berada di luar sana. Dia tertangkap kamera lagi, dan dia tidak akan berhenti sampai dia mengerti mengapa dia tidak bisa mengambil risiko.

"Ke lantai atas. Sekarang," dia menggigit giginya yang terkatup, memimpin jalan.

Empat Puluh Lima

"Ikutlah denganku," kata Catena, dan Tor dengan senang hati mengikutinya. Dari dapur, dia menuju ke kantornya, ruangan dengan layar kecil. Ia menekan beberapa tombol dan layarnya berkedip-kedip. Tombol-tombol lainnya, pada panel datar di atas meja kerja, hingga munculah gambar bangunan ini, dengan patung gargoyle yang bertengger termenung di atasnya.

"Aether Anda ini sungguh luar biasa," kata Tor.

"Ini disebut internet, dan hari ini internet adalah kutukan, saya berjanji kepada Anda. Dan saya tidak ingin mendengar sepatah kata pun dari Anda sampai setelah kita menonton video terkutuk ini, ketika satu-satunya hal yang ingin saya dengar adalah penjelasan Anda tentang alasannya."

Instruksi yang samar, tetapi tidak terlalu sulit sehingga dia tidak bisa memahami dan mematuhinya. Masih merasa agak menang karena berhasil menyelamatkannya di lantai bawah, dia berkata, "Terserah Anda, Nona Kelly."

"Oooh!" Dia menusuk segitiga kecil yang membuat film mulai bergerak, dan film pun bergerak.

Itu adalah rumah ini, pada malam hari, sama seperti sekarang. Kemudian seluruh gambar bergeser, seolah-olah seseorang menoleh ke kanan. Sesuatu bergerak di atas benteng yang menandai tepi atap. Makhluk itu seukuran manusia, tetapi memiliki sayap, seperti sayapnya. Semakin lama dia menatap, semakin yakin dia.

"Itu adalah gargoyle di atap Anda," katanya.

Gargoyle mulai menari dengan cara yang paling aneh, menggoyangkan bagian belakangnya dan bergoyang-goyang seperti binatang buas, kemudian memberikan sedikit lompatan dan melakukan semuanya lagi. Itu sangat aneh.

Film pun berakhir.

Catena menoleh ke arahnya, dengan api di matanya. "Sekarang, saya ingin Anda memberi tahu saya mengapa Anda menari Macarena di atas atap rumah saya sementara seseorang merekam Anda dari jalan di bawah!"

Tor tidak bisa menahan diri. Dia tertawa terbahak-bahak. "Nona Kelly, saya tidak bisa menari seperti itu jika saya mengambil pelajaran setiap hari selama setahun. Saya tidak bisa menari sebuah tarian sederhana di Hogmanay tanpa membuat kaki saya tersangkut dan terjatuh. Saya bersumpah, gargoyle yang menari di atap rumah Anda itu bukan saya."

Dia menatapnya untuk beberapa saat. Akhirnya, bahunya mengendur dan dia mengangguk. "Ketika saya pertama kali mendengar ada video baru, saya takut itu adalah video tentang kami yang terbang ke penjara pada malam itu. Saya belum pernah melihatnya sampai sekarang. Maksudku, seorang pria telanjang menari tidak jauh lebih baik, tapi setidaknya aku tidak ada di dalamnya. Dan... kau mengatakan yang sebenarnya? Anda benar-benar tidak bisa bergerak seperti itu?"

Tor menggelengkan kepalanya. "Tentu saja tidak. Saya tidak pernah menggoyangkan pantat saya sedemikian rupa selama hidup saya!"

Catena tersenyum sedih. "Sayang sekali," dia pikir dia mendengarnya berkata, sebelum dia keluar dari ruangan.

Empat Puluh Enam

Pada hari Minggu siang, Catena menguap di belakang meja peminjaman buku di perpustakaan, berharap dia bisa tidur lebih lama. Ia tidak menyesal begadang, menonton maraton Stargate bersama Tor, tapi mungkin seharusnya ia tidur lebih awal. Dia bisa saja terus menonton tanpa Tor - dia tidak butuh tidur, dan Tor pasti sudah melihat semuanya sebelumnya.

Tapi sangat menyenangkan untuk menonton mereka bersama seseorang yang baru pertama kali melihat mereka, berada di sana untuk menjelaskan hal-hal yang merujuk pada sejarah yang telah dilalui Tor, dan... dan...

Semakin banyak waktu yang dihabiskannya dengan pria itu, semakin dia menyukainya. Benar-benar menyukainya. Dia tidak sepenuhnya sempurna (dia memang suka memonopoli kendali jarak jauh), tetapi dia hampir mendekati sempurna dibandingkan pria mana pun yang pernah dia temui.

Namun, ia bertanya-tanya, bagaimana dengan dirinya yang terbuat dari batu... bisakah ia merasakan hasrat, seperti yang ia rasakan? Dia jelas memiliki semua hal yang dibutuhkan untuk menjalin hubungan fisik dengan seseorang, tapi... apakah semua itu bisa terwujud? Dan apakah dia ingin... bersamanya?

Dia ingin menciumnya lagi. Tanpa penonton yang terdiri dari para wartawan yang fanatik, dan tidak dengan kakinya yang membeku hingga ia hampir tidak dapat merasakannya. Dia ingin menciumnya di suatu tempat di mana mereka bisa... melakukan lebih banyak, jika itu yang dia inginkan. Dia sudah menyerah untuk menyangkal apa yang dia inginkan. Tor, telanjang, di tempat tidurnya, sebaiknya sepanjang malam.

Dan... ini bukan tempat untuk memikirkan Tor dalam keadaan telanjang. Tidak dengan siswa tentang.

Hari semakin siang. Beberapa siswa di perpustakaan tampak sangat senang menjaga jarak, belajar atau meneliti atau apa pun yang mereka lakukan di meja-meja dekat rak. Catena sudah lupa berapa kali ia harus mengguncang dirinya sendiri untuk bangun, setelah hampir tertidur di meja peminjaman.

Akhirnya, siswa terakhir pergi dan dia melakukan satu putaran terakhir di sekitar perpustakaan, mematikan semua peralatan, sebelum dia pulang.

Getaran ponselnya yang berderik di atas meja terdengar bahkan dari seberang ruangan. Catena bergegas menjawabnya, namun ia terlambat. Ia menekan nomor tersebut - panti jompo Maria - dan menekan tombol panggil ulang.

Setelah sekian lama, akhirnya ada yang mengangkatnya.

"Hai, ini Catena Kelly. Ada panggilan tak terjawab dari Anda. Jika ini tentang saya yang tidak bisa mengunjungi Maria sore ini, jangan khawatir, saya datang pada hari Kamis karena saya harus bekerja hari ini. Saya akan kembali lagi hari Minggu depan, sama seperti setiap minggu lainnya - "

"Nona Kelly. Ya. Ini tentang Maria Rennie. Saya turut berduka cita atas meninggalnya beliau pagi ini."

"Dia... apa?" Catena tidak bisa mendengar dengan benar. Maria berada dalam kondisi kesehatan yang hampir sempurna. Pikirannya memang sedang menurun, ya, tetapi bagian lain dari dirinya... ini pasti sebuah kesalahan.

"Dia meninggal dunia pagi ini, beberapa saat setelah sarapan. Staf tidak tahu sampai sore ini karena ada orang sakit di sini dan mereka sangat sibuk membersihkan dan merawat pasien yang sakit, sehingga mereka tidak menemukan Nona Maria sampai semuanya terlambat."

"Bagaimana... bagaimana dia bisa mati?"

"Dokter mengatakan bahwa dia terkena stroke, Nona Kelly. Dia tidak merasakan sakit. Dia terlihat seperti sedang tidur, jadi staf mengira..."

Hal ini menjelaskan mengapa mereka tidak memanggilnya sampai sekarang. Maria yang malang telah meninggal di tempat tidurnya selama berjam-jam, dan tidak ada yang menyadarinya. Catena tidak yakin apakah dia ingin berteriak atau menangis atau keduanya.

"Saya baru saja pulang kerja sekarang. Saya akan segera ke sana," kata Catena.

"Anda tidak bisa datang ke sini, Nona Kelly. Kami sedang dalam masa karantina. Ada wabah penyakit, banyak pasien kami yang sakit. Tidak ada pengunjung yang diizinkan."

"Tapi dia tidak bisa hanya tinggal di sana. Dia layak..." Sesuatu. Catena belum pernah menyelenggarakan pemakaman sebelumnya. Dia tidak tahu apa-apa tentang mereka.

"Direktur pemakaman akan datang menjemputnya. Mereka akan menghubungi Anda untuk mengatur tanggal. Dia sudah membuat pengaturan, kata berkasnya. Dia memiliki asuransi pemakaman. Sebagai keluarga terdekatnya, tentu saja Anda dapat mendiskusikan perubahan apa pun yang ingin Anda lakukan dengan direktur pemakaman..."

Melawan keinginan terakhir Maria? Catena hampir tertawa. Maria ingin dikremasi, dan abunya disebar di suatu tempat sehingga tidak ada yang akan menggalinya dan mengarang cerita tentangnya. Tidak ada arkeolog yang akan menangani jasadnya tanpa seizinnya, katanya berkali-kali, dan siapa pun yang terlibat dalam membiarkan hal itu terjadi ... dia akan menghantui mereka secara menyeluruh, dia membuat kutukan Tutankhamen terlihat seperti berkah.

Catena menggumamkan semacam tanggapan, tentang datang untuk mengambil barang-barang Maria ketika mereka terbuka untuk pengunjung lagi, dan mengakhiri telepon.

Maria, ibu baptis yang telah menjadi ibu kedua, bibi yang keren, sahabat, dan mentor, telah tiada, dan hidup Catena tidak akan pernah sama tanpanya.

Dia tidak yakin bagaimana dia sampai di rumah, atau berapa lama dia duduk di sofa, menatap layar gelap tempat dia menonton semua episode Stargate dengan ibu baptisnya, sebelum Tor menemukannya.

Sebagai pria yang sempurna, dia tidak mengajukan pertanyaan. Dia hanya membuka tangannya lebar-lebar untuknya.

Catena melompat ke dalam pelukannya dan menangis.

Empat Puluh Tujuh

Catena meninggalkan pesan terakhir di akun media sosial Maria, memberi tahu teman dan koleganya tentang waktu dan tanggal pemakamannya. Mereka hampir saja meledakkan internet dengan semua pesan - ucapan belasungkawa, penyesalan karena tidak bisa hadir, dan berbagai kenangan tentang betapa hebatnya Maria.

Semua kisah yang diceritakan Maria tentang penggalian arkeologi yang pernah ia lakukan di seluruh dunia hanyalah puncak gunung es. Setiap orang memiliki kenangan tersendiri tentang Maria, dan, lebih dari sekali, Catena mendapati dirinya tertawa terbahak-bahak sebelum ia ingat bahwa ibu baptisnya telah tiada dan tawa itu tidak tepat untuk saat ini.

Maria bersikeras untuk mengadakan pemakamannya di ruang serbaguna di krematorium, dengan selebran yang bukan agama, dengan sesedikit mungkin makanan untuk mencegah burung nasar, atau setidaknya itulah yang dia katakan. Catena tidak yakin siapa yang dia maksud, tetapi semua kursi di ruang serbaguna itu sudah terisi penuh, jadi ada beberapa orang yang berdiri di belakang.

Rumah duka telah menyediakan makanan yang cukup untuk semua orang yang hadir di rumah duka, dan dengan banyaknya makanan yang tersisa, Catena terpaksa membawa pulang banyak makanan tersebut.

Bukan berarti ia tidak bisa makan apa pun. Dia juga tidak bisa menulis pidato yang tepat untuk ibu baptisnya.

Setiap kali ia duduk untuk mencoba menulis sesuatu, ia hanya mampu menulis satu atau dua kalimat sebelum akhirnya menangis.

Untungnya, cukup banyak kolega Maria, beberapa di antaranya adalah mahasiswa yang pernah dibimbingnya dan kini menjadi profesor, yang lebih dari mampu memberikan pidato yang baik, menceritakan kisah Maria dengan antusiasme yang lebih besar daripada yang bisa dikerahkan oleh Catena.

Pada akhirnya, ia harus berdiri di bawah layar proyektor, siap untuk memutar tayangan slide foto-foto yang telah ia pindai dari koleksi Maria, dan mengatakan apa saja yang ia bisa: "Maria adalah ibu baptis saya. Saya senang setiap hari yang saya habiskan bersamanya, dan saya akan merindukannya setiap hari mulai sekarang sampai saya tidak bisa lagi."

Tayangan slide berkedip-kedip di layar di atas peti mati Maria, sementara orang-orang berdatangan untuk meletakkan bunga di atas kotak yang telah dipoles.

Catena bukanlah satu-satunya yang menangis saat mereka semua berjalan ke tempat makanan disiapkan untuk acara pemakaman.

Sebagian besar orang tidak tinggal lama setelah itu, dan dia segera ditinggalkan bersama keluarganya dan beberapa orang yang tersesat. Matanya terlalu kabur oleh air mata untuk melihat dengan jelas lagi, Catena hanya ingin cobaan itu berakhir. Maria telah pergi. Dia telah mengucapkan selamat tinggal, dan sekarang yang tersisa hanyalah lubang besar yang menganga di dalam hatinya di mana ibu baptisnya dulu berada.

Ibunya mengemasi sisa-sisa makanan untuk dibawa kembali ke apartemen Maria - Maria sudah tidak tinggal di sana lagi, karena pembacaan surat wasiatnya akan dilaksanakan minggu depan - dan mengantarkan Catena pulang.

Empat Puluh Delapan

Sepiring kue dan bingkisan kue entah apa saja tersaji di depan Catena, belum tersentuh. Orangtuanya sudah lama menghabiskan makanan mereka dan kakaknya sedang menyajikan makanan untuk yang ketiga kalinya, sebagian besar adalah makanan penutup. Rasanya tidak enak menyantap sisa-sisa makanan dari pesta pemakaman Maria di meja makan Maria sendiri, tanpa Maria sendiri yang memimpin acara makan.

Catena biasanya makan di bangku dapur atau di ruang santai, di depan TV, karena banyaknya kenangan yang tersimpan di meja ini.

Namun, hal itu tidak berlaku bagi anggota keluarganya yang lain. Mereka memperlakukannya seperti meja makan mereka sendiri di rumah. Ayah dan Archie bahkan sudah mulai berdebat sengit, seperti yang biasa mereka lakukan saat makan siang di hari Minggu.

"Dia seharusnya memanggil seorang pendeta untuk memberikan upacara terakhir, dan pemakamannya seharusnya dilakukan di gereja! Hal-hal ini mungkin tidak terlalu penting ketika Anda masih hidup, tetapi ketika Anda akan bertemu dengan pencipta Anda, hal-hal ini jauh lebih berarti!"

Archie menggelengkan kepalanya. "Kamu terdengar seperti orang munafik, Ayah. Kamu tidak bisa hanya mengambil agama ketika itu cocok untukmu dan mengabaikannya ketika itu tidak nyaman. Ini semua tentang menjalani hidupmu sebaik mungkin sesuai dengan ajaran gereja. Beberapa berkat dan doa setelah kamu meninggal tidak akan banyak membantu jiwamu jika kamu bukan orang yang baik selama hidupmu."

"Jangan coba-coba mengatakan bahwa ibu baptis kakakmu bukan orang yang baik! Maksud saya, tentu saja, dia menghabiskan sebagian besar waktunya untuk menggali berhala-berhala dan kuil-kuil untuk semua dewa-dewa kafir di bawah matahari, tapi dia adalah seorang Katolik yang baik, bahkan jika dia tidak pernah pergi ke gereja! Dia pantas mendapatkan penguburan yang layak, dengan seorang imam!"

Maria mungkin terlahir sebagai seorang Katolik, tetapi ia sudah lama tidak lagi percaya pada satu dewa pun, Catena tahu. Maria pernah bercanda bahwa dia hampir berharap untuk mati, karena dengan begitu dia akhirnya akan mengetahui siapa yang benar tentang akhirat. Atau jika semua orang, dan dia bisa berbicara dengan para dewa yang peninggalan religiusnya telah dia gali selama hidupnya. Bayangkan jika Anda bertanya pada Osiris bagaimana dia bisa menjadi dewa dunia bawah! Atau mengetahui bahwa mereka sebenarnya adalah ras parasit alien yang membangun piramida sebagai landasan pendaratan untuk pesawat luar angkasa mereka...

"Lagipula dia akan dikremasi! Apa gunanya melakukan semuanya dengan benar dengan seorang pendeta jika tubuhnya akan dibakar? Tidak, kamu harus mati dengan cara kamu hidup. Dengan satu atau lain cara. Tidak ada yang namanya menyelamatkan seseorang di menit-menit terakhir, seperti dalam film laga. Bukan itu yang kami pelajari di sekolah minggu..."

"Tetapi dia bahkan tidak mengizinkannya untuk menjalani Ritus Terakhir! Itu adalah salah satu sakramen - adalah sebuah penghujatan untuk menolaknya!"

"Dia menolak untuk memilikinya!"

"Dia tidak bisa menolak apa pun - dia terkena stroke, dan meninggal seketika. Tidak ada yang memiliki kesempatan untuk memintanya, jadi itu seharusnya sudah diberikan. Hanya itu yang bisa dia lakukan."

Saat teriakan itu semakin keras, Catena merasakan dorongan yang tak tertahankan untuk berlari. Tapi ke mana dia bisa lari? Ini adalah rumahnya, dan mereka ada di sini. Di luar sudah gelap. Sepertinya dia tidak bisa berlari dengan aman ke jalan...

"Halo, ada apa yang diributkan?"

Tor berdiri di ambang pintu dapur, lengannya terlipat di dadanya, di bawah mantel wol yang menyembunyikan sayapnya.

Catena ingin berlari ke arahnya dan menciumnya karena waktunya yang sempurna.

"Oke, saya akui bahwa mungkin saja Upacara Terakhir mungkin dilakukan untuk berjaga-jaga, namun dia telah merencanakan dan membayar biaya pemakaman jauh sebelum dia meninggal. Dia telah membuat keputusan, dan kita harus menghormatinya, meskipun kita tidak setuju dengan keputusannya," lanjut Archie, tanpa sadar.

"Tapi dia SALAH!" Ayah meledak.

"Maaf, Tuan-tuan, tapi ada wanita yang hadir. Mungkin Anda harus membawa perdebatan ini ke luar," kata Tor. "Selesaikan di antara kalian sendiri seperti pria. Para wanita tidak perlu menjadi saksi atas ketidaknyamanan seperti itu."

Archie mendengus. "Kucing tidak ada wanita. Dan Ibu..."

"Jaga lidahmu ketika kamu berbicara tentang ibumu, atau aku akan membawamu ke luar dan memukulmu seperti yang biasa dilakukan ayahku padaku!"

"Tuan-tuan!" Teriakan Tor membungkam mereka berdua sejenak.

"Maukah kamu memperkenalkan kami kepada temanmu, Cat?" Ibu bertanya.

Catena tahu tatapan itu. "Ibu, Ayah, Archie, ini Tor. Dia seorang konsultan, datang berkunjung dari Skotlandia. Dia ahli dalam bidang bangunan era Victoria, dan dia memberi saran kepada Penjara Fremantle tentang beberapa pekerjaan restorasi yang akan datang. Dia tinggal bersama saya karena saya memiliki kamar cadangan."

Bukan karena alasan yang membuat mata Ibu berbinar-binar.

Ayah menyipitkan mata dengan curiga ke arahnya. "Tor. Itu nama yang aneh."

Tor tersenyum sopan. "Nama keluarga lama, sebenarnya. Aku Torstan Stone. Seperti yang dikatakan Nona Kelly, orang-orang memanggilku Tor." Dia mengulurkan tangan untuk berjabat tangan dengan Ayah, lalu dengan Archie.

Catena harus menyembunyikan senyumnya saat ia melihat Archie meringis saat melihat jabat tangan yang sangat kuat.

Ayah tidak akan jera. Pernah ada seekor anjing yang tertusuk tulang, membuatnya khawatir setengah mati. "Saya masih mengatakan bahwa itu semua salah. Apa yang seharusnya dia lakukan..."

Tor terbatuk-batuk. "Sebenarnya, Nona Kelly telah berusaha keras minggu ini untuk memastikan keinginan ibu baptisnya dihormati dalam segala hal. Saat yang mengerikan baginya untuk memiliki seorang tamu rumah, tetapi keramahannya selama ini sangat sempurna. Saya tidak bisa tidak mengamati betapa baiknya dia mengatur segalanya. Menyiksa diri dengan setiap detail, meskipun tampaknya Dr Maria telah merencanakan semuanya dengan sangat teliti. Mengingat ini adalah rumah Dr Maria dan sekarang menjadi rumah Nona Kelly, Anda harus menunjukkan rasa hormat kepada kedua wanita yang layak mereka dapatkan dalam menghormati keputusan mereka di bawah atap mereka sendiri, atau saya harus memaksa Anda untuk pergi."

Meskipun berdiri di sisi meja yang berbeda dari mereka, ia tampak membayangi Ayah dan Archie. Cukup mengkhawatirkan.

Ayah tidak pernah mundur dari sebuah perkelahian. "Sekarang, aku tidak tahu siapa dirimu, Tor Stone, tapi ini rumah putriku, dan aku tidak akan diperintah oleh tamu rumahnya. Jadi kamu bisa saja..."

Tor menyeringai. "Tuan Kelly, saya akan sangat senang untuk membawa perselisihan ini ke luar. Karena kita berdua adalah tamunya, sepertinya lebih sopan jika kita tidak mengganggu ketenangan di rumahnya..."

Bayangan mengerikan tentang Tor dan Ayah yang sedang berkelahi muncul di kepala Catena. Tor akan meratakannya. Dia tidak bisa membiarkan ini.

"Bagaimana kalau kalian membawa sisa kue-kue itu ke ruang tunggu?" Catena pun berseru. "Aku yakin ada pertandingan sepak bola, atau film yang bisa kalian tonton. Maria punya... punya... semua film Bond dalam bentuk DVD..." Dia menatap Tor dengan tatapan putus asa. "Kau bisa menunjukkan kepada mereka bagaimana cara menggunakan pemutar dan TV-nya, kan?"

"Jika Anda yakin, Nona Kelly," katanya.

"Ya, terlalu dingin untuk keluar malam ini," dia bersikeras.

"Baiklah."

Tor mengikuti Ayah dan Archie ke ruang tunggu, di mana mereka sudah memperdebatkan keunggulan Moore, Connery dan Brosnan. Tak satu pun dari mereka yang mengaku sebagai penggemar Daniel Craig, meskipun mereka sudah cukup sering menonton film-filmnya.

"Saya akan membantu Anda mencuci," kata Ibu sambil meraih piring-piring yang ditinggalkan para pria itu.

Catena ingin mengikuti kedua pria itu, untuk memastikan Tor tidak mengatakan sesuatu yang terlalu terbuka tanpa dia ada di sana untuk menjelaskannya, tapi dia mengenali nada bicara Ibu dan tidak bisa menolaknya.

Di dapur, di mana desisan air panas dan dentingan piring di wastafel menenggelamkan suara percakapan di ruangan lain, Ibu mengangkat alisnya.

"Dia adalah seorang kolega. Dia hanya menemani saya, Bu, tidak lebih," protes Catena.

"Dia adalah orang yang sangat sopan. Jadi, sudah berapa lama Anda menjadi... rekan kerja?"

Dia membuatnya terdengar seperti mereka telah berbagi seks tantra yang gila, bukan hanya berbagi rumah Maria dan satu ciuman yang membuat jantung berdegup kencang.

"Saya baru bertemu dengannya satu atau dua minggu yang lalu, Bu, dan dia membutuhkan tempat tinggal. Itu saja." Sayangnya.

Ibu mematikan air dengan jentikan yang tegas. "Yah, aku menyukainya, dan aku harap dia tinggal bersamamu untuk sementara waktu."

Ingin sekali ia mengatakan kepada ibunya bahwa ia juga mengharapkan hal yang sama, tetapi tidak ada gunanya membesar-besarkan harapan ibu. Lebih buruk lagi, dia akan mulai menginterogasi Tor, mencoba mencari tahu peluangnya untuk mendapatkan cucu, dan tidak mungkin Catena ingin Tor mengalami hal itu.

Tidak, dia berhutang budi padanya karena telah menginterventsi ketika dia melakukannya. Lebih dari sekadar kata-kata, tapi apa lagi yang akan dia terima?

Beberapa waktu kemudian, ketika keluarganya akhirnya pergi setelah menghabiskan setiap gigitan makanan yang tersisa, dia berbalik untuk memberitahunya.

Lengan hangat memeluknya. "Maafkan kelancangan saya, Nona Kelly, karena saya tidak mengenal ibu baptis Anda dengan baik, tetapi saya yakin dia akan bangga dengan Anda hari ini. Anda telah menghormati keinginannya persis seperti yang dia inginkan, dan itu adalah bukti penghormatan terbaik untuk mengenangnya yang bisa diberikan oleh siapa pun. Bahkan dalam menghadapi ketidaksetujuan keluarga Anda, Anda tetap berdiri teguh. Saya kagum dengan keberanian Anda.

Saya tidak mungkin menentang ayah saya dengan mudah, dan jelas bahwa Anda mewarisi aura kewibawaannya, meskipun Anda menahan diri untuk tidak menggunakannya. Saya merasa terhormat menjadi pelindung Anda."

Apakah salah jika dia ingin pria itu menjadi lebih dari sekadar pelindungnya? Lebih dari itu...

Empat Puluh Sembilan

Catena menarik diri dari pelukannya, senyum sopan di wajahnya seolah-olah itu adalah hal yang paling bisa diterima di dunia, alih-alih kebebasan yang seharusnya tidak dia ambil. "Terima kasih untuk semuanya malam ini, Tor. Aku tidak yakin bagaimana aku bisa melewatinya tanpamu."

"Saya merasa terhormat dapat melayani Anda, Nona Kelly."

"Saya penasaran. Anda tidak akan benar-benar melawan ayah saya, bukan? Atau berduel dengannya atau apa pun? Karena kita tidak melakukan hal semacam itu lagi," kata Catena.

Tor tertawa. "Seandainya ayahmu melangkah keluar bersama saya, atau kakakmu, mungkin akan terjadi beberapa adu jotos, tapi tidak akan ada lagi, saya yakin. Saya seorang petinju yang hebat dan juga seorang penari, saya rasa. Kikuk seperti lembu, orang-orang menyebut saya, dan mereka benar. Saya bergerak di atas ring terlalu lambat untuk menghindari pukulan petinju yang lebih gesit. Kerabat Anda akan mendaratkan beberapa pukulan, kulit batu saya akan melindungi saya dari cedera, dan kami akan menyatakan mereka sebagai pemenang, dan menjadi teman. Seperti yang dilakukan oleh para pria modern dalam film Anda tentang klub tinju bawah tanah."

Catena berkedip. "Film apa itu?"

Tor mengedipkan matanya. "Aturan pertama adalah kita tidak membicarakannya. Aturan ked ua..."

"Ah. Fight Club. Ya. Oke, mungkin pria tidak banyak berubah, kalau begitu."

Tor menyeringai. "Tentu saja tidak. Saya harus berterima kasih kepada Anda karena telah mengizinkan saya menghadiri pesta keluarga Anda malam ini. Aku hampir tidak bisa mengingat saat ketika aku hanya seorang pria biasa di antara pria-pria lain, bebas melakukan apa yang aku inginkan, dan tidak terikat pada tugas. Bahkan sebelum saya datang ke sini, saya memiliki kewajiban kepada keluarga saya, ayah saya. Bekerja keraslah dan suatu hari nanti, Anda akan bebas, katanya kepada saya, bahkan di ranjang kematiannya. Dan ketika saya datang ke sini, sama saja. Saya harus bekerja keras, tetapi dengan harapan bahwa melalui kerja keras, saya akan bebas. Sekarang, pekerjaan itu tidak terlalu berat. Bahkan, tugasku untuk melindungimu begitu menyenangkan sehingga hampir tidak terasa seperti bekerja. Tetapi bahkan jika tidak, jika Anda mengembara ke dalam bahaya jauh lebih mudah daripada Anda, saya tidak akan keberatan sedikit pun, karena saya hanya perlu mengingatkan diri sendiri bahwa pekerjaan akan membebaskan saya, dan - "

"Apa yang kau katakan?" Catena mencengkeram kursi dengan sangat erat hingga buku-buku jarinya memutih. "Pekerjaan akan membebaskanmu?"

Tor memiringkan kepalanya. "Tentu saja. Semua orang tahu ini. Jika kamu bekerja cukup keras, mematuhi perintah yang diberikan, suatu hari nanti kamu akan bebas menjadi dirimu sendiri, tanpa harus bertanggung jawab pada siapa pun."

Catena menggelengkan kepalanya. "Itu bohong, Tor. Kebohongan yang diceritakan oleh orang-orang kaya yang mengeksploitasi orang lain, yang masih mengeksploitasi orang lain, karena kekuasaan mereka didasarkan pada orang lain yang bekerja keras dan mematuhi perintah, sampai mereka bekerja mati-matian demi masa depan yang tidak mungkin mereka menangkan, karena orang-orang yang memiliki uang tidak akan membiarkan mereka."

"Oh, tidak, Nona Kelly. Ayah saya tidak pernah berbohong dalam hidupnya. Dia adalah orang yang teguh pada kebenaran. Dia tidak akan berbohong kepada saya tentang sesuatu yang begitu penting." Jika dia seorang pria, dia akan memanggilnya sekarang juga karena telah menghina ayahnya.

Dia menggigit bibirnya. "Saya yakin ayahmu mempercayai apa yang dikatakannya, tapi itu tidak membuat kebohongan itu berkurang. Itu membuatnya lebih buruk, sebenarnya, karena seseorang berbohong kepadanya dengan sangat teliti hingga membuatnya percaya, dan menyebarkannya kepadamu. Ya Tuhan, bahkan di gerbang Auschwitz, kamp kerja paksa tempat para tahanan bekerja hingga mati dalam perang, tertulis bahwa kerja akan membebaskan mereka, dan itu adalah kebohongan terbesar. Karena satu-satunya cara agar orang-orang malang itu bisa dibebaskan, setidaknya sebelum perang berakhir, adalah dengan mati."

Matanya berkobar-kobar. "Aku ingin bertemu dengan siapa pun yang mengikatmu untuk melindungiku, Tor, karena aku ingin menendang pantatnya kembali ke tempat asalnya. Dia berbohong padamu, dia memperbudakmu, dan apa pun yang dia janjikan padamu, saat dia mengatakan bahwa kerja keras akan membebaskanmu, itu juga bohong, karena dia tidak berniat untuk membebaskanmu. Kecuali para gargoyle bisa mati, kare na... oh, sial, aku berharap Maria masih di sini. Dia akan membantuku menendang pantatnya, karena ini tidak adil. Kamu berhak menjadi dirimu sendiri, seperti orang lain."

Tor menggelengkan kepalanya. Tidak. "Belum. Aku belum pantas untuk itu. Tapi suatu hari na nti..."

Dia membanting tangannya ke atas meja. "Jangan berdebat denganku, Torstan Stone. Kau telah dicuci otak sepanjang hidupmu untuk mempercayai omong kosong ini. Dan itu omong kosong, aku berjanji padamu. Karena aku bersumpah, aku akan menemukan cara untuk membebaskanmu, dan kemudian kamu akan melihat apa yang pantas kamu dapatkan. Itu semua yang dijanjikan para bajingan pembohong itu padamu, dan banyak lagi. Aku akan menemukan cara, Tor, aku janji."

Dia ingin mempercayainya. Harapan muncul seperti gelembung di dadanya, bahwa perkataannya mungkin benar. Dia hampir tidak berani mempercayainya, tetapi ketika dia menatap api yang benar di matanya, dia juga tidak berani meragukannya.

Merupakan suatu kehormatan untuk melindunginya. Bukan karena itu adalah tugasnya, atau karena dia harus melakukannya. Itu adalah sebuah kehormatan, karena dia adalah malaikat pembalas yang ganas, yang tidak perlu bertarung untuk orang serendah dia, tetapi dia tetap melakukannya.

"Dari bibirmu sampai ke telinga Tuhan, Nona Kelly," katanya. Karena tentu saja, bahkan Tuhan pun tidak dapat mengabaikan suara malaikatnya yang paling keras.

Lima Puluh

Kembali bekerja terasa tidak nyata. Tidak ada yang berubah, namun... semuanya berubah.

"Dari mana saja kamu?" Callie berseru di ruang makan siang. "Kau berlari keluar dari kantorku seperti ada setan yang mengejarmu - meskipun, aku tidak akan menyangka Christian yang melakukannya, dia sudah cukup tahu tentang setan-setan itu - dan kemudian tidak ada yang melihatmu selama seminggu penuh!"

Catena menelan ludah. Ini akan menjadi lebih mudah, tetapi saat ini dia harus berjuang untuk mengeluarkan kata-kata. "Saya harus mengambil cuti pribadi. Ibu baptis saya meninggal. Saya..

. saya adalah kerabat terdekatnya, jadi saya harus membuat semua persiapan pemakamannya. Dan kemudian ada surat wasiatnya... dia meninggalkan segalanya untuk saya. Rumahnya, semuanya. Saya tetap tinggal di sana, ketika dia berada di panti jompo, tapi sekarang dia sudah tiada, rasanya. .. aneh, berkeliaran di rumah yang penuh dengan barang-barangnya, dan mengetahui bahwa dia tidak akan pernah kembali untuk mengambil barang-barang itu, karena saya tidak akan pernah bertemu dengannya lagi."

"Yah, kecuali jika Anda bisa membangkitkan orang mati. Maaf, lelucon yang buruk. Aku turut berduka atas kehilanganmu. Sungguh menyebalkan. Maksudku, aku melihat di berita bahwa Maria Rennie telah meninggal, mereka memiliki pidato yang lengkap dan semuanya, tapi aku lupa bahwa dia adalah ibu baptismu. Tidak heran Anda pergi ke arkeologi - dia pergi ke mana-mana, menemukan begitu banyak hal! Saya yakin dia juga mewariskan banyak sekali artefak kepada Anda. Benda-benda yang berusia ribuan tahun, penuh dengan segala macam kutukan kuno..."

Catena menggelengkan kepalanya. "Maria selalu mengatakan bahwa apa yang dia temukan adalah milik semua orang. Dia tidak ingin membawa pulang barang-barang itu, karena dia tidak bisa menyimpannya dengan baik di rumah. Dia memotret semuanya - ada satu rak buku yang penuh dengan slide. Dan setiap file memiliki fotonya bersama tim penggali, di semua tempat yang berbeda..."

"Ooh, berbicara tentang menggali sesuatu, Anda kehabisan waktu sebelum saya sempat mendapatkan barang yang bagus. Kantorku. Sekarang."

"Saya tidak bisa. Saya harus membuka perpustakaan dalam lima menit."

Callie mengeluarkan suara kasar dan melambaikan tangannya. "Biarkan Lillian yang melakukannya. Dia sudah ada di sana, dan itu tidak akan menyakitinya. Dia tidak tahu kapan kamu akan kembali, jadi kurasa dia tidak mengharapkanmu hari ini. Jadi ikutlah denganku dan kita bisa melanjutkan apa yang telah kita tinggalkan saat Christian menyela dengan kasar."

Sebagian dari diri Catena ingin pergi ke perpustakaan dan membebaskan Lillian, kembali ke kehidupan normalnya seolah-olah tidak ada yang terjadi. Tapi ini penting, sebagian karena ini bisa memberinya sudut pandang tentang kemungkinan proyek PhD dan sebagian lagi karena janjinya kepada Tor.

Jadi dia mengaduk satu sendok gula tambahan ke dalam kopinya, dan mengikuti Callie.

Dia mengambil kursi tamu lagi, sementara Callie berputar di kursi mejanya untuk menghadapnya. "Benar. Aku sudah memberitahumu semua hal yang kering - literatur dan tesis-tesis itu - yang aku yakin kamu bisa menemukannya sendiri. Tapi referensi yang lebih tidak jelaslah yang benar-benar bagus. Catatan pertama berasal dari Romawi Kuno, di mana salah satu sarjana menggambarkan masyarakat Jermanik kuno menggunakan musuh yang tertangkap sebagai pengorbanan dasar. Mereka mengubur mayat-mayat tersebut di bawah ambang pintu rumah mereka, siap untuk bangkit kembali untuk membela mereka ketika musuh berikutnya menyerang. Mirip seperti orang Romawi yang mengumpulkan pasukan di antara orang-orang yang mereka taklukkan, untuk pergi dan menaklukkan lebih banyak orang... hanya saja dengan cara yang lebih supranatural. Tentu saja, meskipun sarjana Romawi ini melihat mayat-mayat itu dikuburkan, dia tidak pernah melihat mereka benar-benar bangkit kembali dan bertempur, jadi dia menganggapnya sebagai takhayul dan hanya sebatas itu saja.

"Kemudian saya menemukan beberapa buku mantra gelap, atau setidaknya begitulah seharusnya. Menurut beberapa halaman pertama, buku-buku itu adalah salinan dari koleksi karya-karya terdahulu yang didasarkan pada mantra dan ritual para penyihir Viking. Bangsa Viking adalah keturunan pelaut dari beberapa bangsa Jermanik kuno, dan beberapa bangsa Slavia juga, saya pikir ini layak untuk dilihat, dan saya tidak kecewa. Ngeri, ya, dan sedikit mual, karena para penyihir ini melakukan hal-hal yang sangat gelap, tetapi mereka benar-benar menjelaskan bagaimana mereka melakukan pengorbanan. Di antara banyak sekali ritual gelap untuk memanggil setan, pelindung, wabah, dan badai. Oh, dan satu lagi untuk membuat gunung berapi meletus. Tentu saja, Anda membutuhkan gunung berapi untuk yang satu itu, dan sejumlah besar bahan-bahan aneh. Ditambah pengorbanan. Buku ini sangat menekankan pengorbanan manusia. Meskipun secara teknis untuk gunung berapi, kamu harus membunuh seorang vampir."

Catena tertawa. "Jangan bilang kau percaya vampir ada sekarang?"

"Tentu saja tidak. Dan aku juga tidak yakin para penyihir itu melakukannya. Mereka tidak menyebutnya vampir, tapi orang jahat yang telah meminum darah darah dagingnya sendiri, jadi mungkin yang mereka maksud adalah kanibal. Jadi, mungkin itu sebenarnya adalah pencegah yang baik untuk kanibalisme. Jangan makan mayat, meskipun Anda kelaparan, atau para penyihir akan melemparkan Anda ke dalam gunung berapi, dan itu akan menjadi lebih buruk bagi semua orang."

Mereka berdua tertawa mendengarnya.

"Oke, tapi... bagian tentang memanggil pelindung dan semacamnya. Bisa kau ceritakan lebih banyak tentang itu?" Catena bertanya.

"Lucu sekali Anda bertanya, karena itu adalah bagian yang cocok dengan catatan cendekiawan Romawi, meskipun ia membahas lebih detail. Oke, biar saya cari halaman yang tepat dan saya akan memparafrasekannya untuk Anda. Ini dia. Ada banyak langkah. Pertama, Anda harus menemukan musuh. Semakin kuat, semakin baik, karena mereka membuat pertahanan mayat hidup yang lebih baik. Lalu kau buat dia minum semacam teh herbal. Aku tak bisa menerjemahkan bahan-bahannya, tapi apapun itu, itu akan membuatnya tertidur. Kemudian Anda memotong j antungnya... ya, jantungnya yang sebenarnya.. . atau, tunggu. Mungkin Anda tidak memotong jantungnya, Anda hanya membelah dadanya. Oke, baiklah, ada pemotongan dan setelah itu, Anda meletakkan batu di atas jantungnya atau di rongga di mana jantungnya berada, dan Anda menjahitnya lagi. Batu tersebut harus sama dengan tempat yang ingin Anda lindungi. Jadi, dipotong dari tanah atau jenis batu yang sama dengan yang digunakan untuk membuat dinding, menurut saya.

"Oke, jadi Anda memiliki serangga malang yang dibius dengan batu tertancap di dadanya, entah sudah mati atau akan segera mati, dan Anda menguburnya di bawah ambang pintu. Jika Anda memiliki seluruh pasukan mereka, Anda hanya perlu meletakkan yang terkuat, pemimpinnya, di bawah ambang pintu, dan sisanya di bawah tembok tempat yang ingin Anda lindungi. Dan itulah cara Anda membuat pengorbanan yang mendasar."

"Itu saja?" Catena berseru.

Callie tertawa. "Yah, jika Anda menyukai operasi di halaman belakang dan mengubur orang hidup-hidup, ya. Oh, tunggu, masih ada lagi... ada petunjuk kedua tentang cara memanggil mereka saat Anda membutuhkannya. Anda harus mengangkat batu penutup - ambang pintu, atau apa pun tempat mereka dikubur. Kemudian Anda memanggil mereka untuk melindungi Anda." Dia mengintip ke layar, menggulirkan teks. "Sebenarnya, hanya itu yang ada. Halaman berikutnya adalah tentang memanggil pelindung iblis, yang sepertinya menggunakan sisa-sisa dari ritual pertama, karena kau membutuhkan hati yang baru. Oh, ewww.... " Callie bergidik.

"Tapi apakah tidak ada sesuatu tentang bagaimana Anda ... tidak memanggil mereka?"

Callie mengangkat bahu. "Tidak. Saya kira setelah Anda melakukan semua pekerjaan itu, Anda tidak akan mau. Dan jika kau mau, kau mungkin hanya akan menggali mayatnya dan membakarnya. Kecuali jika kau telah membangunkan prajurit itu. Maka saya kira Anda terjebak dengannya."

"Apakah Anda menemukan sesuatu tentang gargoyle?" Catena bertanya dengan putus asa. Jika dia tidak bisa membebaskan Tor.

"Dalam buku ini? Tidak, mereka tidak menyukai gereja, para penyihir ini. Oh, saya menemukan sebuah cerita tentang gargoyle yang merayu seorang biarawati, atau biarawati itu merayunya, dan mereka melarikan diri bersama. Sesuatu tentang cintanya yang membebaskannya dari kewaspadaan, meluluhkan hatinya yang keras, sehingga dia bisa turun dari atap dan.. . yah, melakukan apa yang dilakukan gargoyle dan biarawati saat mereka kesepian untuk waktu yang lama. Mungkin itu sebabnya para penyihir menggunakan musuh dalam mantra pemanggil pelindung mereka, karena cukup sulit untuk meluluhkan hati seseorang yang ingin membunuh Anda."

Itu lebih buruk dari cerita Maria. "Jadi, pada dasarnya, satu-satunya cara untuk membebaskan seorang pelindung dari perbudakan adalah dengan melelehkan hatinya yang terbuat dari batu? Menggunakan obor las padanya atau semacamnya?" Tidak mungkin dia melakukan itu pada Tor. Tidak mungkin di neraka. Dia mungkin mengatakan bahwa dia terbuat dari batu yang hidup, tapi dia tidak berniat untuk menguji di mana bagian yang hidup berakhir dan bagian yang batu dimulai.

"Yah, dari bunyi ceritanya, itu lebih merupakan sebuah metafora peleburan. Bagaimanapun juga, itu adalah sebuah romansa. Saya membayangkan mereka mungkin minum-minum, mungkin makan bersama, menonton pertunjukan penyanyi, dia melihat sekilas wanita itu dengan rambutnya yang tidak tertutup melalui jendela kamarnya dan... ya, gargoyle secara alamiah memang telanjang, bukan? Mungkin dia mengamatinya dari atap kamarnya selama beberapa waktu sampai akhirnya dia tersentak. Dia melompat ke tempat tidur bersamanya dan bam! Dia menghisapnya dengan vagina ajaibnya dan membebaskannya dari kekejian!" Callie mengangkat bahu. "Dia tidak terdengar begitu berbeda dengan beberapa pria yang pernah saya kencani. Mereka memulai dengan marah-marah, tapi setelah diberi sedikit makanan dan alkohol, bahkan mungkin ajakan untuk berhubungan seks, dan sinar matahari akan keluar. Yah, terkadang lebih banyak pria brengsek yang muncul, dan kemudian tidak ada kencan kedua, tapi siapa yang menginginkannya? Situs kencan online hanya membuang-buang waktu." Callie menatap layar dengan murung. "Mungkin aku harus mencoba memanggil pelindung iblis. Aku yakin ada beberapa hati yang masih segar di laboratorium sekolah kedokteran. Bukan berarti aku harus membunuh seseorang..."

Tapi Catena tidak mendengarkan. Sebaliknya, dia sedang menyusun rencana. Malam ini, dia akan mencoba metode kencan Callie, tahu bahwa itu mungkin tidak akan berhasil, tapi sampai saat itu, dia akan mencoba membingkai penelitiannya sebagai proyek PhD yang mungkin dan mengirimkannya ke Bishop. Karena jika butuh waktu tiga tahun dan sebuah tesis untuk menemukan cara membebaskan Tor, dia berhutang budi padanya untuk mencobanya. Dan jika dia mendapatkan gelar doktornya di tengah jalan... yah, itu bukan hal yang buruk. Dan jika tiga tahun tidak cukup... selalu ada postdoc yang harus dipikirkan. Lebih baik memulai, lalu.

Dia menggumamkan ucapan terima kasih kepada Callie, dan pergi.

Lima Puluh Satu

Catena mengamati bangku tersebut. Dia mungkin sudah berlebihan, tapi dia pikir itu akan sepadan. Guci-guci berisi manisan Persia berjejer, menjanjikan kudapan beraroma mawar, melati, dan kapulaga. Dua botol anggur merah terletak di sampingnya, lebih bagus dari yang biasa ia beli. Anggur bersoda itu ada di dalam lemari es, siap untuk diminum sesuai perintah.

Puding cokelat yang sudah jadi masih berada di dalam kemasannya, di samping sebungkus hazelnut yang akan ditambahkan ke dalamnya. Persiapannya hanya membutuhkan waktu beberapa menit, jadi dia meninggalkannya di tempatnya. Asalkan ia ingat untuk mengeluarkan es krim kacang vanila dari freezer sebelum es krim itu menjadi terlalu keras untuk disendok.

Makan malam adalah tantangannya. Karena Tor tidak akan benar-benar memakannya, dia menginginkan sesuatu yang sangat aromatik, sehingga dia bisa menikmati aromanya, tapi dia tetap harus memasak dan memakannya, jadi tidak bisa sesuatu yang terlalu eksotis.

Dia akhirnya memilih pizza bianca dengan garam laut dan rosemary sebagai permulaan, diikuti dengan ayam hoisin dengan sayuran dan nasi basmati.

Namun saat ia memasukkan potongan ayam ke dalam wajan, lalu mengaduknya dengan campuran saus dan bawang putih, ia bertanya-tanya apakah ia seharusnya membuat spaghetti bolognese saja. Dia bisa saja membuatnya saat tidur, tapi... malam ini spesial, atau setidaknya dia ingin membuatnya. Malam ini membutuhkan masakan yang membutuhkan sedikit usaha.

Selain itu, siapa yang pernah mendengar tentang mematahkan mantra dengan spaghetti rawa? Tidak. Tidak.

Tor melangkah ke dapur, menarik napas dalam-dalam. "Apa itu? Makanan kali ini tidak seperti yang kuingat."

"Aku hanya berharap kamu juga bisa mencicipinya. Suatu hari nanti, saat kita mematahkan kutukan ini, aku akan memasak untukmu, untuk menebus semua makanan yang pernah kita makan bersama yang tidak bisa kamu rasakan." Catena mengambil nampan pizza bianca dan memasukkannya ke dalam oven. "Pizza bianca. Ayam hoisin dengan sayuran. Nasi. Dan makanan penutup," katanya sambil menunjuk satu per satu.

"Saya memahami sekitar setengahnya."

"Tidak apa-apa. Kamu akan ingat aromanya, aku yakin. Mungkin Anda harus mulai membuat daftar, apa yang Anda ingin saya masak untuk Anda terlebih dahulu."

Tor memiringkan kepalanya. "Kamu optimis. Apakah kamu menemukan sesuatu yang baru dalam penelitianmu hari ini?"

"Itu adalah teman saya, Callie, bukan saya, t api... mungkin. Aku tidak tahu apakah itu akan berhasil, tapi kupikir kita bisa mencobanya. Setelah makan malam."

"Seperti yang Anda perintahkan, Nona Kelly." Tor mengurung diri di kursi bar.

"Ooh, Anda bisa menuangkan anggurnya." Dia meletakkan sebotol anggur bersoda di hadapannya, bersama dengan dua gelas.

Ketika dia kembali ke bangku, setelah mengaduk ayam dengan penuh semangat, dia menemukan Tor dengan hidungnya di dalam botol sampanye yang sudah terisi setengah.

"Gelembung-gelembung itu menggelitik," katanya. "Dan baunya seperti ragi dan sedikit lemon, menurut saya. Apakah saya boleh menambahkan minuman ke dalam daftar ini?"

Catena tersenyum. "Tentu saja. Apapun yang kamu inginkan. Anggur ini adalah salah satu favorit Maria. Kami minum sebotol bersama setelah kelulusanku, dan dia menceritakan padaku kisah-kisah yang paling memalukan tentang penggalian di kastil abad pertengahan di Prancis..." Rona merah menghiasi pipinya saat ia mengingat hal yang paling memalukan dari semuanya.

"Saya tidak bisa membayangkan ibu baptis yang sangat Anda hormati bisa melakukan apa pun yang bisa membuat Anda tersipu malu," kata Tor.

Catena hampir tersedak. "Anda tidak mengenalnya. Para pria lokal yang bekerja di penggalian itu terpesona oleh gadis Australia itu, dan dia memilih mereka. Suatu malam, dia benar-benar membuat tugas dengan dua dari mereka di puncak menara. Sekarang, dia bilang dia memberi mereka berdua waktu yang berbeda, tapi mungkin ada beberapa hal yang hilang dalam penerjemahan, karena mereka semua tiba di waktu yang sama."

"Dan kedua orang itu bertarung duel untuk mendapatkan hak atas bantuannya?" Tor menebak.

Catena mendengus. "Yah, saya kira mereka memang melakukan silang pedang, tapi tidak seperti yang Anda maksud. Mereka bertiga telanjang, dan menghabiskan sepanjang malam bersama di puncak menara. Dia tidak pernah mau menceritakannya padaku, tapi dia mengatakan bahwa itu adalah salah satu malam yang paling berkesan dalam hidupnya."

Tor mengerutkan kening. "Saya khawatir saya tidak mengerti."

Catena menepuk tangannya. "Tidak apa-apa. Saya juga tidak begitu mengerti pada saat itu, namun saya rasa saya mungkin mulai mengerti. Salah satu penyesalan terbesarnya adalah kesempatan yang tidak diambil, dan dia tidak ingin saya melakukan kesalahan yang sama." Merayu gargoyle. Dia akan melakukannya, jika dia bisa. Memberinya anggur, menjamu makan, dan...

Catena mengambil serulingnya dan meminum isinya. Kering dan beragi, seperti yang dia ingat. "Bisakah Anda menuangkan segelas lagi untukku?"

Dia menambahkan sayuran ke dalam wajan tepat sebelum timer oven berbunyi, dan dia menyajikan pizza bianca, menata irisan segitiga di piringnya dan piring Tor.

"Aromanya enak sekali. Apa itu?" tanyanya sambil membungkuk hingga hidungnya hampir menyentuh pizza.

"Namanya pizza bianca. Semacam roti pipih, dengan taburan minyak zaitun, garam, rosemary, dan sedikit thyme. Kadang-kadang saya menaruh bumbu lain di atasnya, atau mentega bawang putih, tapi ini lebih mirip roti bawang putih, dan ada cukup banyak bawang putih di dalamnya bersama ayam."

Catena memakan beberapa potong, di sela-sela memasak dan menyajikan hidangan berikutnya, serta mencampur puding untuk dimasukkan ke dalam oven.

"Dan apa ini?"

Dia menunjuk. "Nah, itu nasi. Sisanya adalah ayam dan sayuran yang digoreng dengan kecap manis yang difermentasi. Seharusnya Anda bisa memakannya dengan sumpit, dan tentu saja Maria bisa, tapi saya tidak pernah benar-benar menguasainya, jadi saya cenderung menggunakan garpu."

"Baunya memang manis, tapi juga asin dan gurih. Sangat tidak biasa. Saya ingin sekali mencicipinya."

Semakin banyak alasan untuk melanjutkan rencananya. Catena menelan ludah.

"Baiklah, tawaran itu tetap berlaku. Anda membuat daftarnya, dan saya akan memasak atau membawa Anda ke restoran yang lebih baik dari yang saya bisa."

Saat pudingnya keluar, Tor menghabiskan hampir sepuluh menit penuh dengan wajahnya di atas mangkuk, mengendus-endus dengan keras sampai-sampai ia khawatir akan menghirup sausnya.

"Kamu suka itu, kan?" tanyanya sambil tersenyum.

"Tahukah Anda, saya rasa saya belum pernah mencicipi cokelat lebih dari setengah lusin kali dalam hidup saya? Itu adalah sesuatu yang disukai oleh para wanita kaya London, atau begitulah yang dikatakan, tetapi kami tidak mampu membeli barang-barang seperti itu. Jika tidak terlalu merepotkan, saya ingin memasukkan puding ini ke dalam daftar saya."

"Tidak ada masalah sama sekali."

Dia juga menyukai puding cokelat.

Akhirnya, dia tidak bisa menunda lagi. Dia menaruh semua piring ke dalam mesin pencuci piring, lalu menuangkan dua gelas anggur merah.

"Baiklah, Tor. Saatnya mencoba sesuatu. Aku tidak tahu apakah ini akan berhasil, karena ini berasal dari buku mantra penyihir jahat, tapi aku pikir apa pun patut dicoba."

"Saya adalah milik Anda untuk diperintah, Nona Kelly."

Itulah yang paling ditakutkannya. "Aku ingin kau menciumku, Tor. Seperti yang kau lakukan di atap, ketika kita melakukan penerbangan pertama kita bersama."

Tor mundur. "Apa kau yakin, Nona Kelly?"

Persetan ya. Dia ingin pria itu menciumnya lagi sejak bibir mereka berpisah. "Seyakin saya bahwa matahari akan terbit besok. Cium aku, kumohon."

Dia bisa saja bersandar di bangku dan mengecup bibirnya. Dia bisa saja melakukannya, tapi itu bukan gaya Tor.

Dia turun dari kursi barnya, mengambil langkah perlahan-lahan di sekitar bangku sampai dia berdiri di hadapannya.

"Tarik napas dalam-dalam, Nona Kelly, karena setelah kita mulai, saya khawatir saya tidak akan membiarkan Anda menghirup udara segar," katanya.

Ia ingin tertawa, tetapi ia teringat betapa terengah-engahnya ciuman pertama mereka, dan kali ini ia tidak terlalu ragu-ragu. Jadi dia menarik napas panjang, lalu meniupnya dalam hembusan yang akan memadamkan kue penuh lilin ulang tahun, dan mengabulkan satu keinginannya...

Ini.

Bibirnya keras dan menuntut, namun tetap hangat dan mengalah. Untuk seorang pria yang tidak perlu bernapas, dia sangat suka mencuri nafasnya.

Namun, dia bisa saja menciumnya selamanya.

Tapi dia tahu dia tidak punya hak untuk menahannya sebagai pelindung gargoyle-nya.

Tor merasakan perubahan dalam dirinya dan, bertentangan dengan ancamannya, membiarkannya pergi. "Anda kecewa, Nona Kelly."

"Bukan tentang ciumannya, Tor, aku janji. Kau menciumku seperti memberi pelajaran. Kapanpun kau ingin menciumku lagi seperti itu, silakan saja." Tapi dia tidak bebas, kan? Dia menghela napas.

Mata Tor terlalu tahu. "Kau berharap sebuah ciuman bisa mematahkan mantranya. Aku khawatir kau terlalu banyak membaca dongeng, Nona Kelly."

Dia berharap dia tidak benar. "Yah, itu patut dicoba."

"Memang benar."

Dengan frustrasi, dia meraih gelas anggurnya dan meneguknya. Anggur itu berwarna merah, terlalu bagus untuk dibuang seperti gelas tequila murahan. Dia menyesapnya lagi.

Sesuatu yang meluluhkan hatinya, mengubah musuh menjadi sekutu. Setiap orang punya har ga...

Catena meletakkan gelasnya. Mungkin Tor punya jawabannya. Lagipula, dia tahu lebih banyak tentang gargoyle dibanding siapapun. "Apa yang membuatmu mau berhenti menjadi pelindungku, Tor? Pasti ada sesuatu yang kau inginkan, yang kau harapkan. Lebih dari tugas atau apapun. Apa yang akan kau inginkan, jika kau bisa memiliki sesuatu?"

Kesedihan menggelapkan matanya. "Nona Kelly, saya tidak akan - "

Semua orang punya harga. Bahkan Tor. Bagaimanapun juga, dia adalah seorang pria, meskipun dia tidak sepenuhnya manusia. "Apakah membunuh orang yang melakukan ini padamu? Karena jika ya, aku akan membantumu." Membantunya membuang mayatnya setelah itu juga, karena mereka harus melakukannya, tapi bukankah itu gunanya teman? Jika dia bahkan menganggapnya sebagai teman, karena dia telah bertanggung jawab untuk membuatnya diperbudak, dengan tidak menemukan cara untuk mematahkan mantranya lebih cepat.

"Tidak, ya Tuhan, tidak! Bahkan jika itu akan mematahkan mantranya, yang mana aku ragu, karena kemungkinan besar pria itu sudah lama meninggal karena usia tua, dan aku masih di sini." Tor menggelengkan kepalanya. "Aku bukan pembunuh, Nona Kelly."

Tentu saja tidak. Pada masa itu, orang digantung karena pembunuhan, bukan diangkut ke koloni. Dia mungkin hanya mencuri sapu tangan atau sepotong roti sebelum menjadi narapidana.

"Kalau begitu, katakan padaku apa yang kamu inginkan."

"Saya tidak bisa."

Dia mengangkat kedua tangannya ke udara. "Tor, ini bisa jadi hal yang membebaskanmu. Apa yang begitu buruk sehingga kau tidak bisa memberitahuku?"

"Ini sangat memalukan."

"Saya pernah mencoba memasukkan adik saya ke dalam kotak surat ketika dia masih bayi, sehingga tukang pos akan membawanya pergi dan saya bisa menjadi anak tunggal orang tua saya lagi. Dia berteriak dan memukul-mukul sampai-sampai matanya hitam." Dia bertanya-tanya apakah Archie mengingatnya. Orangtuanya pasti ingat.

"Nona Kelly, itu... lucu, tapi tidak perlu malu. Saya yakin semua anak ingin menyingkirkan saudaranya pada suatu saat. Terbukti Anda tidak berhasil, kecuali jika Anda tidak mengacu pada saudara laki-laki yang saya temui kemarin malam ..."

"Tidak, itu adalah Archie. Kematian bayi tidak seburuk di zaman Anda. Tapi kita tidak sedang membicarakan saya. Kita berbicara tentang Anda. Keinginan Anda. Keinginanmu yang terlalu malu untuk mengatakannya padaku."

"Tolonglah, Nona Kelly. Saya yakin apa pun yang Anda inginkan tidak akan memalukan. Maukah Anda memberi tahu saya keinginan Anda yang terbesar dan paling tulus?" Matanya memohon, dan dia tidak bisa menolak.

Dia hanya perlu merenung sejenak sebelum mendapatkan jawabannya. "Saya berharap untuk satu malam lagi bersama Maria, di sini, bersama kami, dengan pikirannya yang masih setajam dulu. Saya berharap dia bisa berbagi makanan ini dengan kami, dan juga anggur, dan kemudian kami akan membawa makanan penutup ke ruang santai untuk menonton Stargate. Episode es krim, karena itu selalu menjadi favoritnya."

Tor tersenyum tipis. "Saya juga ingin seperti itu."

"Tapi itu bukan keinginan terbesarmu," desaknya. "Satu keinginan yang akan membuatmu meninggalkanku..."

Dia memelototinya dengan penuh kebencian sehingga dia benar-benar mundur selangkah. "Anda akan memecat saya hanya karena mengucapkan kata-kata itu."

Tawa menggelegak di dadanya. "Apakah itu jawabannya? Seperti jin, yang harus saya lakukan adalah berharap Anda bebas?"

"Jika Anda memberhentikan saya, maka saya akan kembali ke kegelapan tempat saya datang untuk menunggu panggilan baru untuk mengangkat senjata. Saya tidak akan bebas. Saya hanya akan hilang dari pandangan Anda, jika Anda menginginkannya." Dia menghela napas. "Dan kau akan melakukannya."

"Cobalah aku, Tor. Aku sudah berjanji akan menemukan cara untuk membebaskanmu. Apakah akan membantu jika aku membuat janji lain - bahwa apa pun yang kamu katakan padaku, betapapun memalukannya keinginanmu, aku berjanji untuk tidak mengirimmu kembali ke dalam kegelapan?" Meskipun dia bertanya-tanya di mana letak kegelapan itu. Dia telah mengatakan bahwa tidak ada mayat di dalam dinding. Apakah dia sedang berbicara tentang dimensi lain, atau apa? Jika ada pintu gerbang menuju neraka atau dimensi penjara bawah tanah di rumahnya, dia pasti perlu mengetahuinya. Dan menemukan cara untuk menutupnya.

"Anda terlalu baik untuk kebaikan Anda sendiri, Nona Kelly. Tidak, hal-hal seperti itu tidak pantas untuk didengar oleh seorang wanita. Aku tidak berani memberitahumu."

"Aku bukan wanita sialan, Tor! Kau sudah bertemu keluargaku. Tidak ada bangsawan atau wanita di antara mereka. Hanya orang-orang kelas pekerja, sama sepertimu. Kecuali mereka tidak membangun rumah besar yang akan berdiri selama berabad-abad. Sekarang, aku telah menghabiskan pagi hari mendiskusikan beberapa ritual yang cukup berdarah, dengan harapan menemukan cara untuk membebaskanmu. Jadi, jika itu lebih buruk daripada memotong jantung, memanggil setan dan mengubur orang hidup-hidu p... katakan saja padaku, Tor."

Dia berdiri tegak, tetapi matanya tetap terpejam, seakan tidak tega menatapnya. "Keinginan tersayangku adalah menghabiskan satu malam di tempat tidurmu." Dia menundukkan kepalanya.

Jadi, Callie dan Maria benar. Merayu gargoyle itu memang benar. "Itu... tidak terlalu buruk," katanya.

Kemudian dia menatapnya, matanya terbelalak karena ngeri. "Apa kamu tidak mengerti? Saya ingin menghabiskan malam di tempat tidur Anda, dengan Anda di dalamnya, melakukan hal yang paling bejat..." Dia menggelengkan kepalanya. "Itu adalah satu hal yang bisa saya lakukan, yang saya rindukan, yang akan membuat saya gagal total sebagai pelindung Anda. Untuk menjadi pelindung macam apa saya jika saya tidak dapat melindungi kebajikan Anda dari keinginan gelap saya sendiri? Maafkan aku, Nona Kelly, aku tidak akan pernah mengkhianatimu. Terlalu mahal harga untuk kebebasan, karena itu tidak hanya akan mengorbankan kehormatanku sendiri, tetapi juga kehormatanmu."

Jika dia tidak begitu patah hati, hal ini mungkin akan menjadi sesuatu yang lucu. Seperti itu...

Dia menempelkan telapak tangannya ke dadanya, di atas jantungnya. "Tor, mari kita luruskan satu hal. Tidak ada yang salah dengan dua orang dewasa - atau lebih - yang saling menyetujui untuk menuruti keinginan mereka. Gelap atau tidak. Jika aku belajar sesuatu dari sejarah, itu adalah bahwa mereka selalu melakukannya, dan mungkin akan selalu melakukannya. Jadi, jika saya akui saya memiliki beberapa fantasi tentang Anda di tempat tidur saya juga, maukah Anda sedikit lebih spesifik tentang apa yang Anda maksudkan ketika Anda berbicara tentang keinginan gelap?"

Dia tidak tahu apakah ini akan berhasil membebaskannya atau tidak, tapi telanjang bersama Tor selama semalam... yah, itu bukan hal yang sulit.

Lima Puluh Dua

Dia tidak terkejut. Dia telah memberitahunya rahasia tergelapnya dan dia ingin tahu lebih banyak. Tor tidak yakin apa yang harus dilakukannya.

"Kamu... kamu telanjang," bisiknya. "Dan kamu datang dan duduk di pangkuanku..."

Bahkan dengan mata terpejam, dia masih bisa merasakan tangan wanita itu di dadanya. Dia bahkan dapat merasakan jantungnya berdebar-debar di bawahnya, sangat senang dengan sentuhannya.

"Tor, aku akan melakukannya. Aku akan mengabulkan permintaanmu, dan dengan senang hati, tapi aku punya satu permintaan."

Dia hampir tidak percaya bahwa dia telah mendengarnya dengan benar. "Apapun."

"Jika ini berhasil, atau bahkan jika tidak berhasil, Anda tidak akan pergi tanpa setidaknya mengucapkan selamat tinggal, oke? Bahkan jika itu hanya satu ciuman sebelum fajar, kamu tidak akan pergi begitu saja."

"Terserah Anda, Nona Kelly." Dia mungkin akan berubah pikiran, tetapi dia akan menghormati keinginannya, apa pun itu.

"Ya, dan tentang keinginan... ini adalah keinginan Anda. Saya... dengar, ini bukan pertama kalinya bagi saya, asal tahu saja, tapi saya bukan ahli dalam hal ini. Saya pikir ini akan bekerja paling baik jika kita mengikuti apa yang Anda inginkan. Jadi... Anda yang memberi perintah, setidaknya untuk pertama kalinya."

Dia ingin dia memberi perintah? Aneh sekali. Dia pikir dia bisa melakukan itu.

"Lepaskan pakaian Anda, Nona Kelly," ia memulai.

Dia mengangguk, lalu membuka celemeknya dan melemparkannya ke bangku. Dia melepaskan sepatunya, menendangnya ke sudut, sebelum dia mengangkat ujung gaunnya. Naik dan naik dan naik, sampai dia menyeret gaun itu ke atas kepalanya dan menjatuhkannya ke lantai. Dia menggigit bibirnya, terlihat gugup berdiri di sana dengan hanya mengenakan korset dan stoking. Ya Tuhan. Apakah wanita tidak memakai laci pada masa ini? Oh, tapi ada secarik renda kecil di bagian pahanya, berwarna biru tua yang sama dengan lis pada korsetnya.

Dia hanya bisa menatap. Dia ingin meminumnya, untuk mencicipi...

Mulutnya terasa kering. Dia ingin meraih segelas anggur dan menuangkannya ke tenggorokannya. Bukan berarti itu akan membantu. Dia ingin menggigit potongan renda itu dan mencicipinya. Celananya terasa semakin ketat dan tidak nyaman. Jika dia tidak segera melepaskannya, rasa sakitnya akan menjadi tak tertahankan.

Dia menunjuk ke arah korsetnya. Korset itu menempel di kulitnya yang telanjang, tanpa lapisan dalam sama sekali. Memalukan. Namun... sempurna.

"Saya membeli ini untuk sebuah festival steampunk beberapa tahun yang lalu. Saya belum pernah memakainya lagi sejak saat itu. Saya terkejut ternyata masih muat..."

"Lepaskan." Kata-katanya sendiri mengejutkannya. Mereka terdengar begitu mentah.

"Aku... oke." Senyum tipis menyentuh bibirnya, senyum yang penuh dengan kenakalan. "Ya, Tn. Stone." Dia mulai membuka kancing-kancing yang mengikat bagian depan. Masing-masing kancing mengeluarkan bunyi letupan kecil saat ia melepaskannya, dan dagingnya yang lembut mulai tumpah ke atas. Sedikit demi sedikit, hingga payudaranya benar-benar terekspos, putingnya seperti dua buah permata merah muda. Dia belum pernah melihat sesuatu yang begitu sempurna.

Celana itu harus dilepas, atau jahitannya akan robek. Dia merobek tali pengikatnya dengan penuh semangat, dan celana itu terjatuh ke lantai. Dia menendang celana itu, lalu menyeret kursi makan menjauh dari meja agar dia bisa duduk di atasnya sementara dia mengawasinya.

Dengan satu letupan terakhir, korset itu melepaskannya. Tidak pernah dia membayangkan keindahan seperti itu, bahkan dalam mimpinya.

"Anda adalah wanita tercantik yang pernah saya lihat, Nona Kelly."

Dia menyeringai. "Kamu sendiri cukup seksi." Dia menatap pangkal pahanya dengan persetujuan.

Dia tidak ingin matanya tertuju padanya. Dia ingin merasakan dagingnya bersentuhan dengan dagingnya.

"Kemarilah dan duduklah di pangkuan saya," katanya sambil menepuk-nepuk pahanya. Dia setengah berharap wanita itu akan panik atau menolak, atau setidaknya ragu-ragu.

Tapi Nona Kelly sungguh luar biasa. Dia memilih jalan di lantai, melalui labirin pakaian yang dibuang, sampai dia berdiri di hadapannya. Kemudian dia meletakkan tangannya di pundaknya, melingkarkan satu kaki di pinggulnya, lalu kaki lainnya, saat dia duduk di pangkuannya.

Renda-renda kasar menggores dagingnya yang lembut. Dia belum melepas laci kecilnya. Dia memasukkan dua jarinya ke dalam pita kain di pinggulnya, dan merobeknya. Kemudian dia melakukan hal yang sama pada sisi yang lain, sebelum melemparkan kain yang sudah robek itu ke lantai.

"Sayang sekali. Saya suka itu," katanya.

"Saya meminta Anda untuk melepas pakaian Anda."

"Yah, Anda bisa saja memperingatkan saya bahwa Anda akan merobeknya jika saya tidak melakukannya."

Dia tidak tahu apa yang harus dikatakannya. Dia tidak tahu seberapa besar kemarahannya, dengan potongan renda yang menyedihkan itu berdiri di antara mereka.

"Saya akan mengingatnya untuk lain kali," katanya, suaranya sedikit terengah-engah saat dia menggosoknya. "Apa... apa selanjutnya?"

Tor tidak bisa menemukan kata-kata untuknya. Hanya rasa kulitnya yang menyentuh kulitnya, bergesekan di sepanjang tubuhnya saat dia bergeser di pangkuannya. Dia melingkarkan sayapnya di sekelilingnya, memegang erat-erat, lalu mendorongnya ke depan sebelum menariknya ke belakang, berulang-ulang hingga irama gerakannya yang memukau adalah satu-satunya yang dapat dia pikirkan. Panasnya yang licin, begitu menggoda. Jika dia memiringkan pinggulnya sedikit dan mendorong...

Catena melengkungkan punggungnya dan berteriak. Itu adalah suara yang paling menyenangkan yang pernah dia dengar - dan dia telah melakukan itu, dia telah membawanya ke puncak ekstasi. Teriakannya hampir tidak terdengar sebelum dia bertekad untuk mendengarnya lagi. Kesenangannya sendiri bisa menunggu, terutama saat dia menjadi tuan atas miliknya.

Payudaranya memantul di depan wajahnya, dan dia menyerah pada godaan, mengambil salah satu putingnya yang seperti permata di antara giginya sambil menangkupkan bola-bola indah itu di kedua tangannya. Lembut seperti sutra, dia tidak bisa berhenti membelai mereka.

Dia berteriak untuk kedua kalinya, pahanya mengencang di sekelilingnya. Dia terengah-engah sekarang, matanya setengah terpejam saat dia menatapnya dengan heran.

Dia melepaskan bibirnya dari payudara wanita itu dan menciumnya. Dia menciumnya kembali dengan keputusasaan yang sama dengan dirinya. Jika mereka harus berbagi tapi hanya satu malam ini saja, maka tidak akan ada yang bisa menahannya.

Dia merasakan tubuhnya menegang, punggungnya melengkung lagi, tetapi dia tidak melepaskan bibirnya, menelan tangisannya saat orgasme lain mengguncang tubuhnya.

Dia yang paling cantik, paling sempurna, paling manis... Dia membuka mulutnya untuk memberitahunya.

"Tor, kumohon," dia terengah-engah. "Kumohon, aku ingin merasakanmu di dalam diriku. Sekarang, Tor, sebelum kau memberiku yang la in... argh... yang lain..."

Sayapnya mengangkatnya saat dia bergeser, lalu menurunkannya untuk memberikan apa yang dia inginkan. Sutra cair meluncur di sekelilingnya, membungkusnya, saat dia menekan ke bawah, ke bawah, hingga dia diselubungi oleh gagang pedang yang paling manis dan paling sempurna yang pernah ada.

LIMA PULUH TIGA

Catena tertatih-tatih di ambang orgasme keempatnya, menarik napas untuk berteriak karena dia tahu yang satu ini akan lebih besar daripada yang lain, dia bisa merasakannya, sama seperti dia bisa merasakan panjangnya yang keras di bawahnya saat dia bergesekan dengannya, menggodanya, tetapi tidak memberikan apa yang dia inginkan, belum.

Kemudian dia mengangkatnya, sedikit udara dingin di antara mereka sebelum dia menusuknya, penyiksaan yang paling lambat dan paling indah yang bisa dibayangkan. Inci demi inci, dia mengisinya, lebih panas dan lebih keras dari daging manusia manapun, hingga dia merasa tubuhnya terbelah menjadi dua. Hingga... dia duduk di pangkuannya lagi, penisnya yang besar (karena ini bukan sekedar penis atau penis, tidak, monster yang terjepit erat di dalam dirinya itu adalah penis yang utuh) meregangkan tubuhnya hingga ke batasnya.

Dia gemetar, hampir tidak berani bergerak, karena jika dia melakukannya, dia akan terbakar menjadi sejuta bintang, dan dia tidak ingin melewatkan satu pun momen seks terbaik dalam hidupnya.

Tor tersenyum dengan penuh kesadaran, seolah-olah dia bisa membaca pikirannya. Mungkin dia bisa, karena sayapnya mengangkatnya lagi, dia membelai seluruh dinding yang paling intim, sebelum dia membantingnya kembali ke bawah. Sekali. Dua kali. Tiga kali...

Jeritan tidak wajar yang menggetarkan udara itu tidak mungkin keluar dari tenggorokan manusia, apalagi tenggorokannya, tetapi itu pasti. Dia mengepalkan tangan begitu keras pada pria itu, dia akan mematahkan penis pria normal.

Namun Tor hanya duduk di sana, terkekeh, gemuruh tawanya membuat bagian dalam tubuhnya bergetar dengan cara yang paling menyenangkan. "Aku sudah berpikir untuk membawamu ke tempat tidur sebelum kamu berteriak," katanya sambil menggelengkan kepalanya.

Tempat tidur! Ya. Mereka bisa melakukan lebih banyak lagi di sana. Tapi kakinya tidak bertulang setelah orgasme yang mengguncang bumi itu. "Saya rasa saya belum bisa berjalan," akunya, sambil merasakan pipinya memanas.

Dengan deru tawa yang lain, dia bangkit berdiri, mengangkatnya dengan mudah bersamanya. Dia melingkarkan kakinya dengan erat di pinggulnya saat dia merasakan pria itu mulai terlepas, tepat saat pria itu menyesuaikan cengkeramannya pada dirinya, mendorongnya lebih dalam, membuatnya terkesiap dan melihat bintang-bintang.

Pada saat penglihatannya kembali jernih, dia menurunkannya ke tempat tidur, sayapnya memeluk tubuhnya saat dia berlutut di antara kedua pahanya yang terbuka. Kemudian dia mengangkat kakinya, sehingga lututnya menekuk di atas bahunya.

"Anda telah menawarkan banyak suguhan malam ini yang dapat saya cium dan tidak dapat saya cicipi, tetapi ada satu cangkir yang tidak dapat saya tolak. Aku tidak akan membiarkan malam ini berakhir sebelum aku mencicipi dan meminumnya dalam-dalam."

Dan kemudian tidak ada kata-kata, karena lidahnya terlalu sibuk, dan jari-jarinya, dan bibirnya ... gelombang kenikmatan menguasainya, tanpa henti seperti lautan itu sendiri, sampai dia tidak tahan lagi, dan dia memohon penisnya lagi.

Sambil menyeringai, Tor menyeka mulutnya dengan punggung tangannya. Sayapnya menurunkannya, sehingga punggungnya kembali menyentuh tempat tidur, tapi dia tidak menggeser kakinya dari bahunya. Dia merasakan kepala Tor yang panas dan keras menyentuh klitorisnya, tapi tidak lebih jauh.

"Itu adalah kata-kata termanis dan paling asin yang pernah saya dengar dari bibir seorang wanita, Nona Kelly, dan saya yakin saya ingin mendengar Anda mengatakannya lagi."

Dia tidak tahu apa yang dia katakan. Hanya saja dia membutuhkannya, sekarang. "Saya ingi n... saya perlu... merasakan penis Anda di dalam tubuh saya lagi. Aku ingin kau menyetubuhiku sampai aku lupa namaku sendiri dan yang bisa ku teriakkan hanyalah namamu. Kumohon, Tor, aku ingin merasakanmu di dalam diriku sekarang."

Dengan satu dorongan cepat, dia mengabulkan keinginannya, tapi kemudian dia melambat. Dia memompa ke dalam dirinya, lambat dan gelap dan dalam, kecepatan yang sama tanpa henti dengan detak jantungnya sendiri. Saat dia menatap matanya, tertuju padanya, meskipun hanya ada satu jantung di antara mereka, mereka membaginya dengan setara, dua tubuh yang bergerak menjadi satu.

Sampai dia mendekat dan berbisik, "Aku mencintaimu."

Air mata berlinang di matanya saat ia berjuang untuk menemukan nafas untuk mengucapkan kata-kata yang sama kepadanya. Dia tahu itu sampai ke tulang-tulangnya, tapi dia tidak bisa... sep ertinya...

Ya Tuhan, dia sudah dekat dengan tebing lagi. Begitu dekat...

"Datanglah padaku, Nona Kelly," Tor menggeram.

"Ikutlah denganku, Tuan Stone," dia membusungkan dada, mengepalkan tangan dengan keras saat seluruh tubuhnya seakan-akan larut.

Dia tersenyum saat mendengar dia mengaum melepaskannya.

Apapun yang akan terjadi di masa depan mereka - kebebasan untuknya, ia berharap - setidaknya ia tidak akan menyesali malam ini.

Lima Puluh Empat

Denting rantai membangunkan Tor dari tidurnya. Dia pasti telah bergerak dalam tidurnya. Para penjaga bahkan tidak melepaskan rantainya untuk membiarkannya tidur. Jika mereka tidak segera melepaskannya, dia akan mati dalam keadaan terbelenggu, terkunci di dalam tembok yang telah dia bangun, jauh sebelum pengerjaannya yang buruk itu berantakan.

Dia telah memimpikan momen ini berkali-kali dalam kegelapan, keputusasaan menyeretnya semakin dalam hingga dia tidak bisa melarikan diri, tetapi malam ini berbeda.

"Bangunlah," bisik Dunstan.

Tangan-tangan di pundaknya menyeretnya dari tempat tidur gantung, memaksanya untuk berdiri.

"Bungkus ini di sekeliling mereka agar mereka tidak mengeluarkan suara neraka."

Selimut yang mereka lilitkan pada rantainya, dia ingat sekarang, untuk meredam suara yang mereka buat di setiap langkahnya. Kemudian mereka menggiringnya keluar dari barak, ke bengkel di belakang penjara.

Tidak pernah ada bunyi palu di atas batu yang terdengar lebih merdu daripada ketika pukulan Ben menghancurkan rantainya. Adik laki-lakinya, muridnya, membebaskannya.

"Kita sudah membuat kesepakatan dengan tukang jagal. Dia akan membantu kita bertiga melarikan diri, tapi kita harus pergi malam ini," kata Ben, sambil menusukkan sedikit kawat ke dalam manacles Tor. Dia menggoyangkannya sedikit, dan manacles itu terbuka. Dalam beberapa menit, Tor sudah bebas.

Sungguh merupakan hal yang mengerikan, untuk membanggakan keahlian saudaranya dalam memilih kunci, karena dia tidak akan pernah mempelajarinya jika mereka tidak ditangkap dan dibawa ke sini. Namun mereka ada di sini, dan jika mereka bisa melarikan diri dan bebas, mungkin mereka bisa menjalani kehidupan di sini, seperti yang mereka rencanakan.

"Terima kasih," kata Tor sambil menggosok pergelangan tangannya. Manik-manik itu sudah tidak ada, tapi dia masih merasakan beratnya. Mungkin dia akan selalu merasakannya.

"Kami tidak akan bisa melarikan diri tanpamu. Kita bertiga bebas, atau tidak sama sekali," kata Dunstan.

Hati Tor membengkak karena cinta, karena kesetiaan saudara-saudaranya. Ya. Mereka semua akan bebas. Nona Kelly akan membantu mereka ...

Nona Kelly. Dia tidak bisa meninggalkan Nona Kelly. Dia sudah berjanji.

Mereka akan mengerti. Kakak-kakaknya telah mengetahui apa artinya mencintai seorang wanita. Dunstan dengan hasratnya yang salah tempat pada putri pemilik penginapan, meskipun dia menipunya, dan Ben dengan kegilaannya yang salah arah pada wanita malang yang membuat mereka terlibat dalam kekacauan ini sejak awal.

Mereka akan mengerti bahwa dia tidak bisa meninggalkan wanita yang dicintainya.

Tor berbalik lagi, menghela napas puas saat rantai-rantai itu tidak lagi berdenting, karena rantai-rantai itu telah putus di atas landasan pandai besi, dibuang ke tanah. Dan Catena ada di sini dalam pelukannya, tubuhnya yang hangat hanya berjarak beberapa langkah. Lebih baik dari yang seharusnya. Hampir seperti mimpi...

Tor kembali tertidur, mimpinya jauh lebih indah dari yang seharusnya.

Lima Puluh Lima

Catena terbangun di tengah cahaya fajar, dengan tubuh Tor yang hangat masih tertidur di tempat tidur di sampingnya. Huh, jadi para gargoyle memang tidur. Atau mungkin setelah sesi seks maraton. Dia beranjak dari tempat tidur, berhati-hati agar tidak membangunkannya, dan berjalan dengan kaku ke ruang kerja.

Dia telah mengambil keputusan. Dia akan mengajukan diri untuk melakukan proyek PhD-nya tentang hal-hal yang tersembunyi di dalam rumah, dan bangunan lain di Australia Barat. Dan ketika, bukan jika, dia menemukan apa yang dia butuhkan untuk membebaskan Tor, dia akan membaginya dengan Tor agar dia bisa menjalani kehidupan yang layak.

Setelah kejadian semalam, dia berharap pria itu bersedia untuk berbagi setidaknya sebagian dari kehidupan itu dengannya, tapi dia tidak ingin terlalu serakah. Dia pantas memilih jalannya sendiri, setelah tidur selama bertahun-tahun.

Dia menuliskan ringkasan proyek tersebut dalam sebuah email kepada Bishop, lalu mengirimkan seluruh proposal kepadanya. Jika ia tidak mendapatkan beasiswa, ia mungkin masih bisa bertahan hidup dari gaji sebagai pustakawan, ditambah dengan uang sewa dari toko-toko di lantai bawah, dan sekarang ia sudah memiliki gedung itu. Terserahlah. Dia akan menyelesaikan semuanya. Dia berhutang pada Tor.

Matahari telah terbit ketika dia sedang bekerja, dan perutnya sudah mulai keroncongan karena ingin sarapan, atau setidaknya minum kopi. Dia mengintip ke kamar tidur saat melewatinya, dan mendapati tempat tidurnya kosong.

Dia pergi. Tidak ada ciuman, tidak ada ucapan selamat tinggal, tidak ada apa-apa. Menelan air mata yang hampir membanjiri dirinya, ia menyeret hatinya yang berat ke dapur. Dia akan membuat kopi Irlandia untuk sarapannya pagi ini, dan akan menyindir siapa pun yang berani mengeluh tentang hal itu. Sepertinya tidak ada seorang pun di sini yang bisa mengeluh.

Dia melangkah melewati pintu dapur, dan untuk sesaat, jantungnya serasa berhenti.

Tor berdiri di depan lemari es, memegang loyang di satu tangan. Dengan tangan yang lain, ia menyendok sesendok besar puding cokelat dan memasukkannya ke dalam mulutnya. Kemudian dia menjilat sendok itu hingga bersih. Setiap sapuan lidahnya mengirimkan gema ke seluruh bagian kewanitaannya, kenangan akan apa yang telah dia lakukan padanya dengan lidahnya tadi malam.

Mulutnya menganga.

"Itu... bukan makanan untuk sarapan," hanya itu yang bisa dia katakan. Kemudian lagi, jika dia melihatnya lebih dulu, dia mungkin akan memakannya sendiri pagi ini. Puding cokelat mengalahkan kopi Irlandia, dengan telak.

"Sekarang, para wanita di London makan cokelat setiap pagi untuk sarapan, ibu saya sering mengatakannya kepada saya, meskipun bagaimana dia tahu itu masih menjadi misteri.

Mungkin dia mengarangnya untuk menghibur adik laki-laki saya, yang selalu terpesona dengan cerita tentang kualitasnya. Ibu adalah cucu seorang bangsawan, tetapi sepupu-sepupunya adalah orang-orang yang memiliki semua uang, bukan dari pihak keluarganya, jadi tidak ada yang mempermasalahkannya saat ia menikah dengan Ayah, yang hanya seorang petani. Tidak pernah terpikir bahwa saya akan sarapan seperti seorang wanita London di daerah koloni." Sendok itu berdenting ke dalam loyang kosong sebelum dia menaruhnya di wastafel. "Anda sepertinya butuh kopi, atau mungkin cokelat. Jika kamu masih punya." Seberkas sinar matahari menembus jendela dapur dan menghantam wajahnya tepat di wajahnya. Tor mengangkat tangan untuk melindungi matanya. "Gah, tapi itu terang sekali. Aku lupa betapa teriknya matahari Australia."

Dia tidak bisa menutup mulutnya. Itu hanya ... tidak akan ...

"Maafkan saya atas kekasaran saya, Nona Kelly. Saya belum mengucapkan selamat pagi, atau menanyakan kesehatan Anda. Di mana sopan santun saya?" Dia berdeham. "Selamat siang, Nona Kelly. Saya yakin Anda tidur nyenyak?"

Dia mencoba berbicara, tetapi yang bisa dilakukannya hanya gagap.

Matanya berubah menjadi serius. "Saya mengerti, dan saya tidak terkejut, meskipun saya tidak menyangkal bahwa saya berharap keadaan akan berbeda. Saya berterima kasih atas keramahan Anda, Nona Kelly, dan saya mendoakan yang terbaik untuk kesehatan dan kebahagiaan Anda di masa depan." Dia membungkuk dan menuju pintu.

Apakah dia mengutip Jane Austen padanya? Dia bukanlah seorang Darcy.

"Jangan pergi! Tolong!" dia berseru.

Dia berhasil tersenyum, tetapi tidak bisa menutupi kesedihan di matanya. "Saya tahu kalau saya telah melampaui batas penyambutan saya, Nona Kelly, dan jelas sekali bahwa Anda menyesali kejadian yang tidak menguntungkan tadi malam. Saya tidak dapat memberikan alasan atas perilaku saya, karena saya seolah-olah berada di bawah pengaruh mantra, tetapi saya dapat menyampaikan permohonan maaf yang tulus atas ketidaknyamanan yang mungkin telah saya timbulkan pada Anda..."

"Enam kali orgasme tidaklah menyenangkan!" Dia merasakan pipinya menjadi panas. Dari semua hal yang bisa dikatakan...

Membungkuk lagi. "Saya senang mendengarnya, Nona Kelly." Dia tidak membunyikannya. Dan dia masih beringsut ke arah pintu. Meninggalkannya.

"Tor, tolong, setidaknya biarkan aku membuatkanmu kopi. Atau teh. Kurasa aku masih punya cokelat panas, jika kau belum cukup min um..." Sekarang dia mengoceh. Dia menghentakkan kakinya. "Sial, aku tak ingin kau pergi. Aku tidak menyesali apa yang kita lakukan semalam, meskipun aku ingin tidur lagi, dan... apa yang terjadi dengan sayapmu?"

Baru sekarang dia menyadari bahwa mereka hilang.

"Dicuri saat saya tidur, atau semacam itu," katanya dengan riang. "Saya terbangun tanpa mereka, tetapi dengan nafsu makan yang sangat besar, jadi saya langsung menuju ke dapur Anda dan... memanfaatkan keramahan Anda."

"Dan matahari... tidak menyakitimu lagi... " katanya perlahan.

"Saya tidak akan mengatakan hal itu. Itu sama menyilaukannya seperti yang saya ingat. Mengapa, dengan semua debu batu kapur di jalanan, masuk ke mata kami, merobek-robek di bawah sinar matahari, adalah sebuah keajaiban bahwa lebih banyak dari kami yang tidak mengalami kebutaan. Adik bungsu saya, Ben, akan menghabiskan setengah jatah airnya untuk membersihkan pasir dari matanya, dia sangat mengkhawatirkannya. Dia memiliki bakat sebagai seniman besar, dan dia bermaksud untuk menjadi seniman besar..."

Kesadaran muncul. "Kau bebas. Kau bahkan memiliki ingatanmu kembali. Apapun yang kita lakukan tadi malam telah mematahkan kutukannya. Kau bebas!" Dia melemparkan lengannya ke sekelilingnya, dan terkejut karena dia tidak merasa berbeda. Yah, kecuali sayapnya, dia tetap hangat dan keras seperti biasanya. "Apa yang ingin kamu lakukan pertama kali?"

Dia menyeringai dengan nakal. "Yah, aku tidak tahu. Tadi malam, kau menyuruhku membuat d aftar..."

Catena berkedip. "Oh, kami masih memiliki sisa makanan dari makan malam, jika Anda mau."

Seringai itu berubah menjadi jahat. "Setelah Anda tertidur, saya menyusun ulang daftar di kepala saya. Saya memutuskan bahwa satu hal yang ingin saya cicipi pertama kali adalah saus cokelat dari puding itu. Saya ingin menjilatnya dari payudara Anda yang telanjang."

Dia menelan ludah. Dia menatapnya seperti tadi malam. Jika dia memerintahkannya untuk menanggalkan pakaiannya lagi... pasti akan ada lebih banyak pakaian di lantai. "Kurasa aku punya sebotol saus cokelat di dapur..." Kaki yang gemetar membawanya ke pintu, dan ia harus berpegangan agar tetap tegak saat ia mengamati rak-rak, tidak melihat, sampai matanya terfokus pada dua botol, yang terselip di balik sebungkus besar taburan. Sebelum dia sempat menebak-nebak, dia mengambil ketiganya.

Dia mengulurkan sebuah botol kepada Tor. "Yang ini untukmu."

Dia memandang curiga ke arah yang satunya lagi.

Dia membasahi bibirnya. "Aku juga punya beberapa keinginan yang melibatkan jilatan." Dia membiarkan tatapannya melayang ke dada, perut, dan celana yang benar-benar tidak ingin dia kenakan saat ini.

Lima Puluh Enam

Beberapa jam kemudian, setelah mandi air panas dan membersihkan sisa-sisa taburan yang lengket di meja makan, Catena melihat sebuah email baru dari Bishop di kotak masuknya. Terdiri dari lima kata: TEMUI SAYA DI KANTOR SAYA.

Dia menghela napas. Dia akan meneriakinya lagi, dia tahu itu.

Sekarang dia membutuhkan seorang pelindung di sisinya, posisi itu kosong.

"Ha, saya tahu ekspresi itu! Itu adalah ekspresi aneh yang Anda dapatkan ketika seseorang akan mulai berteriak, seolah-olah Anda ingin lari dan bersembunyi." Tor menyeringai padanya. "Aku bersumpah aku tidak punya alasan untuk meneriakimu, dan meskipun aku tidak secara resmi menjadi pelindungmu lagi, aku merasakan tanggung jawab yang aneh untuk menegakkan kehormatanmu, meskipun tindakanku sendiri sejauh ini kurang terhormat..." Dia terbatuk, lalu berdeham. "Izinkan saya untuk menebus kesalahan saya, Nona Kelly. Setelah merampas kebajikan Anda, saya merasa sudah sepantasnya saya meminang Anda untuk menikah, sehingga Anda tidak akan mengalami akibat buruk dari mantra yang menentang penilaian baik Anda dan saya tadi malam. Jadi, Nona Kelly, karena saya yakin Anda sudah cukup umur, maukah Anda..."

"Tidak." Dia hampir tertawa melihat ekspresi terkejutnya. "Zaman sudah berubah, Tor, seperti yang selalu kukatakan padamu. Aku sudah tidak perawan selama beberapa tahun, jadi aku cukup yakin tidak ada manfaatnya bagimu untuk mencuri. Jika yang kamu maksud dengan konsekuensi buruk adalah kehamilan yang tidak direncanakan, itu juga tidak akan terjadi, karena ini adalah era kontrasepsi, yang berarti aku hanya perlu disuntik setiap beberapa bulan sekali, dan aku tidak perlu mengkhawatirkannya. Bahkan jika saya melakukannya, menjadi seorang ibu tunggal adalah hal yang wajar di zaman sekarang, dan dalam keadaan apa pun saya tidak memerlukan seorang suami untuk merawat saya." Dia melunak. "Tapi, dalam beberapa tahun lagi, jika Anda tetap tinggal dan mengenal saya lebih baik, dan mungkin Anda memutuskan untuk melamar saya lagi, saya tidak akan menolak gagasan pernikahan."

Kerutan di keningnya tidak mereda. "Tapi kita sudah pernah berbagi ranjang, Nona Kelly, dengan cara yang paling kuat. Saya harap saya tidak terlalu maju dalam menyarankan bahwa keinginan untuk melakukannya lagi mungkin tumbuh terlalu kuat untuk ditolak. Tapi jika kita sudah menikah..."

Masih banyak yang harus ia jelaskan tentang masanya, dan betapa berbedanya dengan dunia yang Tor kenal. "Tor, aku mencintaimu. Seksnya luar biasa, dan aku ingin melakukannya lebih banyak lagi denganmu. Malam ini, jika memungkinkan, dan besok juga. Saya pikir kamu adalah pria yang luar biasa dan saya ingin kamu tetap bersamaku, jika itu yang kamu inginkan. Aku benar-benar bisa membuatkan salah satu kamar tamu, jika itu akan membuatmu merasa lebih nyaman. Tapi saya tidak akan menikah dengan pria yang baru saya kenal selama dua minggu. Dua tahun, mungkin."

"Jadi, apakah saya harus memahami bahwa saat ini, menuangkan cokelat dan taburan ke dalam dan menjilati cokelat di tempat yang tidak disebutkan, masih bisa diterima, tetapi pacaran singkat tidak bisa diterima?"

Perutnya bukanlah tempat yang tidak dapat disebutkan. Namun, dia berkata, "Ya."

Dia menganggguk dengan serius, pikirannya jelas membolak-balikkan semuanya sebelum dia berbicara. Akhirnya, dia berkata, "Baiklah. Dan bagaimana dengan hal lainnya? Maukah Anda mengizinkan saya untuk melindungi Anda selama dua tahun masa pacaran kita, sebelum saya diizinkan untuk meminang Anda?"

Tidak mungkin dia bisa terus menolaknya selama dua tahun. Sebaiknya dia tidak memberitahukan hal itu kepadanya.

"Saya tidak terlalu membutuhkan banyak perlindungan, tetapi jika Anda datang bersama saya ke pertemuan dengan supervisor penelitian saya di universitas dan mungkin memberikan perlindungan, saya akan berterima kasih," akunya.

Matanya menyipit. "Cokelat dan taburan taburan berterima kasih?"

Dia tertawa. "Aku harus pergi ke supermarket untuk membeli saus dan taburan lagi, tapi, ya, aku pasti akan memberimu oral seks lagi."

"Hanya jika Anda mengizinkan saya untuk membalasnya."

"Tentu saja."

Jika mereka terus begini, pakaiannya akan terlepas lagi, dia akan menggali botol saus butterscotch terakhir, dan mereka harus membersihkan dapur lagi.

"Dengar, ayo kita temui dia sekarang dan selesaikan masalah ini. Lalu kita bisa keluar untuk makan malam, saya bisa memperkenalkan Anda pada taco dan kelezatan queso, di Mexican Kitchen di Terrace, dan kita bisa mampir ke supermarket sebelum pulang."

Tor memiringkan kepalanya, lalu mengulurkan tangannya, seperti sesuatu yang ada di film Austen. "Nona Kelly?"

Dia tertawa, mengambil tasnya, dan pergi ke High Street bersamanya.

Lima Puluh Tujuh

Saat dia memasuki kantor Bishop, dia memberi isyarat ke mejanya. "Duduklah," katanya.

Ya. Tor mengambil tempat duduk di sampingnya.

"Sekarang ceritakan di mana dan bagaimana Anda mendapatkan proyek ini. Dan pelankan suaramu. Mantan istri saya akhirnya setuju untuk bercerai tadi malam, dan saya bergembira semalaman untuk merayakannya. Pasti saya mengalami hal yang buruk, apalagi dengan sakit kepala yang saya alami pagi ini."

Dia tidak terkejut bahwa dia mengalami mabuk - kemampuan Bishop untuk minum-minum di pesta Natal departemen telah lama menjadi legenda. Untuk perayaan sepenting ini... dia cukup minum untuk menenggelamkan satu tentara.

Catena menjelaskan tentang sepatu tersebut, dan bagaimana hal itu membuatnya mengidentifikasi kesenjangan ukuran orang Australia Barat dalam penelitian saat ini tentang subjek tersebut. Dia tidak menyebutkan bagian tentang gargoyle. Untungnya, Tor juga tidak.

"Jadi, apakah Anda akan menandatanganinya?" tanyanya dengan cemas.

"Ini adalah proyek dengan anggaran rendah dengan nilai media yang tinggi, ditambah lagi, pikirkan semua makalah yang bisa Anda tulis, dengan begitu banyak situs! Anda tahu jika Anda menulis cukup banyak makalah, Anda bisa menjilid semuanya dan mengirimkannya sebagai pengganti tesis Anda? Saya sudah menghubungi semua kolega saya untuk mencari tahu apa saja yang mereka temukan dalam investigasi mereka yang mungkin bisa dikategorikan sebagai benda-benda tersembunyi, dan Anda bisa menghubungi National Trust. Begitu banyak proyek konservasi warisan budaya yang sedang berlangsung saat ini dengan dana pemerintah untuk membantu menopang industri konstruksi.

Saya telah berbicara dengan dewan, dan meskipun belum resmi, mereka semua telah memberikan persetujuan. Bahkan, ada beberapa beasiswa tambahan yang mungkin bisa Anda ajukan, di luar beasiswa yang sudah Anda ajukan sebelumnya, karena ada baiknya Anda mendapatkan dana sebanyak mungkin selagi proyek Anda sedang pop uler..." Dia melanjutkan sedikit lebih lama, tetapi Catena tidak perlu mendengar kelanjutannya. Dia akan menuliskannya di email nanti, jika dia belum menuliskannya.

Akhirnya, dia berdiri untuk menjabat tangannya. "Saya berharap dapat bekerja sama dengan Anda dalam proyek ini, Nona Kelly." Dia tersenyum padanya, tetapi dia tahu apa yang sebenarnya dilihatnya adalah semua potensi kutipan, karena namanya juga akan ada di kertas-kertas itu.

Dia tidak keberatan. Dia berterima kasih padanya, dan mengikuti Tor keluar dari pintu menuju tempat taco.

Lima Puluh Delapan

Setelah makan taco, mereka berhenti untuk membeli es krim dalam perjalanan pulang. Tor yang malang ingin mencoba semua rasa, tetapi ia hanya memilih rum dan kismis, dan bersumpah akan kembali lagi untuk mencoba rasa lainnya. Catena tidak meragukannya.

"Apakah Anda yakin tidak keberatan berbagi rumah Anda yang indah dengan seorang mantan narapidana?" Tor bertanya. Dia akhirnya mengakuinya saat makan malam, meskipun dia sudah bisa menebak kesimpulannya, jadi hal itu tidak terlalu mengejutkan.

"Anda telah tinggal di rumah saya lebih lama dari saya, dan Anda telah menjadi teman serumah yang paling berperilaku baik yang pernah saya miliki selama dua minggu terakhir. Selama kamu tidak berencana untuk melakukan sesuatu yang ilegal, saya yakin kita akan baik-baik saja," katanya.

"Benda dengan taburan itu..."

"Tidak ilegal, selama kita tidak melakukannya di depan umum."

"Saya suka kali ini!"

Dengan Tor di sisinya, es krim di tangannya, dan proyek PhD serta beasiswa di depan mata, Catena harus mengakui bahwa ia juga cukup menyukainya.

"Jadi, apa yang kau rencanakan setelah kau bebas dari rantaimu, Tor?" tanyanya, lalu menambahkan, "Setelah malam ini, tentu saja."

"Ah." Dia menggigit es krimnya dengan lahap, bahkan tanpa meringis karena rasa dingin yang menusuk giginya. "Ingatan saya mulai kembali, dan saya yakin saya mungkin telah menyebutkan kepada Anda bahwa saya memiliki, atau pernah memiliki, dua saudara laki-laki, yang diangkut bersama saya ke Koloni Sungai Angsa. Pada malam saya melarikan diri, mereka ikut dengan saya, dan mereka juga bertemu dengan tukang daging bernama Pearse, yang menyembunyikan kami di ruang bawah tanah rumahnya. Kenangan terakhir saya adalah saat kami bertiga bersama di ruang bawah tanah, sebelum tukang daging itu mengubah saya menjadi orang yang Anda panggil untuk membantu Anda malam itu.

"Saudara-saudaraku. Aku ingin tahu apa yang terjadi pada mereka. Apakah mereka menjadi gargoyle juga, terikat untuk melayani tuan lain? Jika iya, maka aku harus menemukan cara untuk membebaskan mereka."

Jika mereka benar-benar dapat menentukan apa yang telah mereka lakukan yang telah membebaskan Tor. Mereka masih tidak yakin.

"Tapi pertama-tama, saya harus menemukan mereka. Maukah Anda membantu saya? Pengetahuanmu tentang dunia ini jauh lebih unggul dariku. Mungkin di dalam aether, kau bisa menemukan gambar mereka."

Menemukan sebuah foto di internet, di antara miliaran foto yang ada di sana. Hal itu seperti membuat sebuah video menjadi viral, ketika kebanyakan video tersebut hanya ditonton beberapa kali dan mati dengan cara yang memalukan. Seandainya saja hal itu terjadi pada Manusia Ngengat.

"Saya akan melihat apa yang bisa saya lakukan. Saya mungkin akan lebih baik dalam menemukan cara untuk membebaskan mereka, karena itu adalah salah satu hal yang akan saya pelajari sebagai bagian dari penelitian PhD saya. Saya tidak percaya sepasang sepatu tua bisa membawa keberuntungan." Catena menggelengkan kepalanya.

"Saya ingin sekali melihat sepatu keberuntungan ini," kata Tor.

Catena mengerutkan kening. "Kupikir kau sudah menemukannya. Maksudku, kamu ada di sana ketika aku menemukan yang kedua."

Tor menggelengkan kepalanya perlahan. "Anda memerintahkan saya untuk menjauhi rumah tetangga Anda. Saya tidak akan pernah melanggar perintah tegas seperti itu, terutama jika saya bisa membuat janda malang itu khawatir."

"Tapi ada sebuah penis. Penis Anda, mencuat dari dinding. Aku melihatnya hanya sesaat, sebelum menghilang. Masuk ke dalam dinding, seperti yang kau lakukan. Atau memang begitu." Dia menatapnya. "Itu bukan penismu? Aku menatap penis gargoyle lain?" Dia tertawa terbahak-bahak. "Aku yakin itu adalah dia yang menari di atap juga! Aku sangat menyesal telah menyalahkanmu, Tor." Dia menatap cemberut di wajahnya. "Kau sudah memaafkanku untuk itu, kan?"

"Nona Kelly, bisakah Anda menunjukkan film tentang Manusia Ngengat yang sedang menari itu lagi?" tanyanya.

"Tentu." Dia mengeluarkan ponselnya, dan menemukan video itu. Dia memang memiliki beberapa gerakan, gargoyle yang satu itu. Sekarang dia lebih mengenal tubuh Tor, dia pasti bisa melihat bahwa itu bukan Tor. Gargoyle yang satunya lagi lebih kekar, dengan tubuh yang lebih kecil. Maria pernah menyebut tentang gargoyle di rumah itu, dan bagaimana dia menyesal tidak merayunya, tapi Tor menyangkal pernah bertemu Maria atau memiliki ingatan apapun antara tahun 1855 dan sekarang. Tapi jika dia bertemu dengan gargoyle penari ini, mungkin...

"Nona Kelly, saya yakin ini mungkin kakak laki-laki saya, Dunstan. Dia selalu menjadi penggoda yang paling gigih dan dia juga cekatan dalam berdansa, sama seperti saya yang kikuk. Jika dia memang berada di atap rumah Anda, maka mungkin saja dia juga telah tinggal di rumah Anda."

Catena mempercepat langkahnya menuju rumah. "Sial, Tor, kita harus memperingatkan Anemone!"

Ingin membaca lebih lanjut?

Buku berikutnya dalam seri ini adalah

Ikatan yang Putus

yang bisa Anda dapatkan DI SINI: https://demelzacarlton.com/romansa-gargoyle-pelindung/

Tentang Penulis

Demelza Carlton selalu menyukai lautan, tetapi pada perjalanan snorkeling pertamanya, ia merasa takut dengan ikan.

Sejak saat itu, ia berenang bersama singa laut, hiu, dan teripang, serta berdiri di tebing yang basah kuyup di atas lautan yang mendidih saat gelombang topan setinggi tujuh meter menerjang dan menghancurkan sebuah kapal karam di bawahnya.

Demelza sekarang tinggal di Perth, Australia Barat, ibu kota serangan hiu di dunia.

Serial Ocean's Gift adalah karya fiksi pertamanya, yang kemudian disusul dengan trilogi Nightmares yang menegangkan. Dia bersumpah serial Mel Goes to Hell menyergapnya di kereta api yang penuh sesak dan tidak akan meninggalkannya sendirian.

Ingin tahu lebih banyak? Cari tahu lebih lanjut tentang buku-buku Demelza di situs webnya, Demelza Carlton's Place di: https://demelzacarlton.com/

www.ingramcontent.com/pod-product-compliance
Lightning Source LLC
LaVergne TN
LVHW010646051026
849532LV00001B/193

* 9 7 9 8 2 3 2 8 5 6 1 1 3 *